레이첼 소이어
Rachel Sawyer

반란의 무리들

맹서현 · 지음

레이첼 소이어
Rachel Sawyer

바른북스

⟅ 목차 ⟆

"나는 내 스승을 죽였다."

만남

"이 세계는 마법을 사용할 수 있는 인간 '매지시스'와 마법을 사용할 수 없는 '인간'으로 나뉜다. 매지시스들이 인간을 지배하기 위해 만든 정부가 'COAD'이며, 언제부터 이러한 관계가 형성되었는지 알려져 있지 않다."

[가론]

쇠창살 사이로 들어오는 햇살에 눈을 떴다. 눈을 뜨자마자 들리는 것은 기상 시간임을 알리는 요란한 종소리였다. 몸이 무거워 일어나기는 싫었지만, 어차피 일어나지 않으면 또 두들겨 맞을 게 뻔했기 때문에 간신히 몸을 일으켰다.

일어나서 보이는 것은 내가 있는 작은 방과 창살, 거울뿐이었다. 거울을 발견하고 침대에서 나와 거울 앞에 서서 나의 모습을 바라보았다. 한마디로 형편없었다. 티 없이 하얬던 아름다운 백발은 마구잡이로 헝클어져 있었고 피부에는 이곳저곳 상처가 가득했다. 게다가 자주 씻지도 못해서 지저분하고 축 처져 있는 것이 많이 지쳐 보였다. 그래도 눈빛은 변함없었다. 독기를 가득 품은 백안. 언젠가는 꼭 복수하겠다는 의지가 담긴 눈빛이었다.

똑. 똑.

갑작스러운 노크 소리에 깜짝 놀라 문이 있는 쪽을 바라보았다. 그리 큰 소리는 아니었지만 계속 고요한 곳에 있던 나에게는 유난히 크게 느껴지는 소리였다.

"면회 왔다."

면회? 면회 올 사람은 없을 텐데.

이곳에 오고 맞는 첫 면회였다. 어쩌면 당연할지도 모른다. 그 일이 있었던 이후로 이 세상에 날 기억하는 사람은 없을 거라 생각했는데.

그렇게 나는 끌려가다시피 면회실에 와 앉았다. 사실 난 결코 면회할 마음이 나지 않았다. 누가 오든 상관없었고 무슨 말을 하든 듣지 않을 작정이었다.

면회실에 조금 있다 보니 곧 누군가가 들어왔다. 그 순간 나는 그 사람에게서 눈을 떼지 못했다. 칠흑같이 검은 머리카락에 루비처럼 투명한 붉은 눈을 가진 그녀는 꽤나 미인이라는 것 말고는 별다른 특이점이 없었으나 내가 눈을 뗄 수 없었던 이유는, 그녀가 죽은 내 여동생과 너무나 닮아 있었기 때문이었다.

　물론 머리로는 아니라는 것을 알고 있었다. 내 동생은 아름답게 빛나는 은발이었고, 지금 내 눈앞에 여자는 그와 완전히 정반대의 머리색이라는 것은 나도 눈이 있음으로 알고 있었다. 하지만 머리카락이 다름을 감안하더라도 보석 같은 붉은 눈동자와 얼굴형은 너무나도 닮았으므로 쉽사리 혹시나 하는 기대를 떨칠 수 없었다.

　내가 그녀의 외형을 자세히 관찰하는 사이 그녀가 면회 자리에 앉았다. 그녀가 앉자마자 경비원들이 방을 나갔다. 이제 이 방에는 둘뿐이었다.

　누가 오든 상관하지 않으려 했지만 죽은 여동생과 닮았으니 신경이 쓰이는 건 사실이었다. 그녀는 나를 흥미롭다는 듯이 관찰하고 있었고 나로선 그것이 별로 내키지 않았다.

　"누구시죠?"

　내가 묻자 그녀는 잠시 뜸을 들였다. 뭐라고 할지 고민하는 듯했다.

　"레이첼이라고 해두죠. 레이첼 소이어요."

　그 목소리를 듣는 순간, 나는 속으로 작게 실망했다. 내 동생과 목소리가 달랐기 때문이었다. 그럼 그렇지. 잠깐이나마 기대했던 내가 바보같이 느껴졌다.

　"전…"

　어쨌든 대답은 해야 하기에 내가 이름을 말하려던 찰나, 그녀가 나지막이 말했다.

　"가론."

그녀는 깜짝 놀라는 나를 보고도 그러려니 했다. 그럴 줄 알았다는 듯이 말이다.

"난 당신에 대해 알고 있어요. 아주 잘 알고 있죠. 앞으로도 가끔씩 찾아올 거예요."

나는 할 말을 찾지 못했다. 머릿속에 하얀 페인트 통을 쏟아버린 듯 머릿속이 새하얘지고 사고가 정지해 버렸다. 내가 말을 하지 않자 그녀도 더 이상 입을 열지 않았다.

"…이제 갈 시간이네요. 잘 있어요. 다음에 또 올게요."

그녀의 말에 퍼뜩 정신이 들었다. 벌써 면회 시간이 다 됐나. 그녀는 나의 대답은 듣지도 않고 그대로 나가버렸다. 경비원 둘이 나를 방으로 끌어다 놓았지만 나는 다른 생각에 빠져 그것을 느끼지 못했다.

꿈을 꾼 것만 같았다. 몸은 감옥 안에 있었지만, 생각은 전혀 다른 곳에 있었다.

그녀는 누구지?

어떻게 나를 알고 있지?

왜 나를 찾아온 거지?

수많은 의문이 떠올랐지만, 답을 찾은 건 하나도 없었다. 그러고 나니 그녀가 무서워지기 시작했다. 그녀는 나에 대해 얼마나 알고 있을까? 혹시 그 일마저 알고 있을까? 그런 생각을 하느라 밤이 늦고 방 불이 꺼져도 잠들 수가 없었다. 결국 나는 그날 새벽 2시가 넘어서야 겨우 잠들었다.

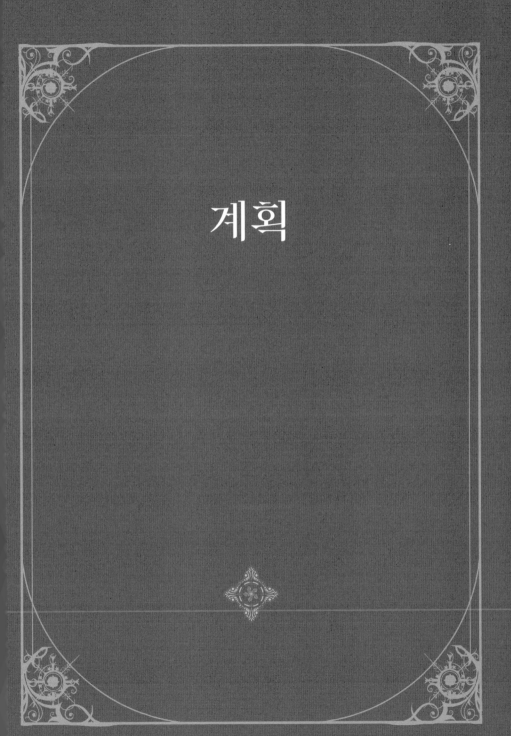

계획

[가론]

그날 이후 그녀는 세 번 더 이곳에 찾아왔다. 그녀가 오는 날은 규칙적이지 않았다. 처음엔 5일 만에 왔고 두 번째엔 8일 세 번째 엔 7일 만에 왔다. 따라서 나는 그녀가 언제 올지 알 수 없었다. 그 저 기다릴 뿐이었다. 아이러니하게도 그녀가 나의 유일한 친구인 셈이었다. 살아갈 작은 의미, 아무것도 남지 않은 나에겐 꽤 큰 의 미였다.

그녀는 올 때마다 별다른 말은 하지 않았다. 아니, 애초에 대화 가 9마디 이상은 넘어가지 않았으니 그럴 만도 했다. 그리고 오늘 은 그녀가 마지막으로 온 날에서 7일째 되는 날이었다.

'이쯤이면 올 텐데.'

아니나 다를까.

"면회 왔다."

면회실에 가보니 그녀가 먼저 와 있었다.

"어서 와요."

그녀가 말하자마자 경비원들이 방을 나섰다.

'원래 면회할 때 경비원들이 나가나?'

나는 잠시 의문이 들었지만, 곧 잊어버리고 말았다.

그런데 그녀의 모습은 다른 때와 달랐다. 척 봐도 고급스러운 옷을 입고 은과 금으로 된 장신구를 달고 있었다. 누가 봐도 고위 간부의 모습이었다.

순간, 나는 강한 배신감이 들었다. 그들에게 가족을 잃은 나는 누구보다도 간부와 COAD를 증오하는데 그래도 나름 친해졌다 생각했던 사람이 그들이라니. 참을 수가 없었다.

"오늘은 좀 중요한 얘기를 해보도록 하죠."

"……"

난 말없이 그녀를 노려보았지만 그녀는 말없이 돌돌 말린 종이 한 장을 펼쳤다.

'지도.'

종이를 본 나는 깜짝 놀라고 말았다. 정확히 말하면 이 교도소 내부와 주변이 나와 있는 지도였다. 나는 본능적으로 종이를 향해 손을 뻗었지만 중간에 있는 유리벽에 막히고 말았다.

"이게 뭐죠?"

나는 유리벽에 박은 손을 문지르며 날카로운 목소리로 물었다.

"뭐긴 뭐예요. 알잖아요?"

"…무슨 뜻이죠?"

그녀는 잠시 주변을 경계하더니 은밀히 말했다.

"탈출하고 싶지 않아요?"

난 놀란 눈으로 그녀를 보았지만, 그녀는 내 대답을 기다릴 뿐이었다. 어떡하지?

'이 자를 믿을 수 있을까?'

이 상황만 보면 절대 아니었다. COAD가 깔아놓은 나를 겨냥한 덫일 수도 있다. 하지만 그러기엔 이상한 점이 있었다. 만약 이 상황이 COAD가 깔아놓은 덫이라면, 이 여자는 왜 이런 옷을 입고 왔을까? 저런 옷과 장신구는 고위 간부만이 입을 수 있었다. 하지만 그들이 바보도 아니고 사냥감에게 총을 보이진 않을 텐데.

일단 지켜보자.

"글쎄요."

"…날 못 믿는 모양이군요."

"당신이라면 믿겠어요?"

그녀가 한쪽 입꼬리를 차갑게 끌어올리며 말했다.

"아니요. 안 믿겠죠."

그녀가 이어 말했다.

"물론 나도 공짜는 아니에요. 조건이 있어요."

"무슨…?"

"이곳에서 나간 후, 할 일이 있어요. 그 일을 같이 해줘요. 아마 마음에 들 거예요."

"일이요? 무슨 일이죠?"

"그건 당신이 날 믿어야 말해줄 수 있어요. 어때요? 날 믿어서 자유로운 몸이 될 건지. 그냥 고집부려서 이곳에서 평생 있을 건지. 선택해봐요."

"…아뇨. 싫어요."

나는 단칼에 그녀의 제안을 거절했다. 간부인 것이 분명한 레이첼의 제안을 승낙해 봤자 다시 반역죄로 몰릴 수도 있는 상황이었다. 잠시 지켜보려고는 했지만, 자신의 가족을 죽인 COAD에게 협력하는 것은 있을 수 없는 일이었다.

"흠 그래요? 아쉽네요. 당신이 생각하는 것과는 좀 다를 텐데 말이죠."

나의 대답에 여자는 의미심장한 말을 던졌다. 그 말에 나는 살짝 흔들렸다. 내가 생각한 것과 뭐가 다르다는 거지? 나는 자리를 뜨려는 여자에게 다급히 물었다.

"자, 잠깐만요. 뭐가 다르다는 말이죠?"

그러자 레이첼은 미묘하게 웃으며 말했다.

"이곳에서 나가서 도와달라는 일 말이에요. 당신이 생각하는 것과는 다른 일이라고요."

"뭔데요?"

나의 물음에 레이첼은 둘 사이를 가르는 유리벽에 바짝 다가가 작은 목소리로 말했다.

"반란이요."

순간 나는 '농담이죠?'라고 할 뻔했지만 할 수 없었다. 그녀의 표정은 너무나도 비장했다. 지금까지 내가 본 적 없는 표정이었다.

"아니… 왜요? 당신은 간부이잖아요. 그쪽은 배신할 이유가 없지 않나요?"

"…차차 알게 될 거예요. 이것만 알려줄게요. 나도 당신만큼이나 그들을 싫어해요. 싫어한다는 말은 한참 모자랄 만큼."

잠시 동안 침묵이 이어졌다.

고개를 들어 다시 여자를 바라보았다. 어느새 아까의 그 표정은 사라지고 원래 표정으로 돌아와 있었다. 소름 끼칠 만큼 무뚝뚝한 표정으로.

"내일 다시 올게요. 그때까지 잘 생각해 봐요."

그 말을 끝으로 여자는 뒤를 돌아 방 밖으로 나갔다. 여자가 나가자마자 경비원 둘이 나를 방으로 데려갔지만 그런 것엔 신경 쓰지 않았다.

아까 그 여자의 말대로라면 여자는 반란을 일으키고자 하는 것인데. 그것은 COAD 입장에서는 반역, 즉 쿠데타였다. 만약 내가 경비원을 불러 이것을 말한다면 그 여자는 즉시 반역자가 될 것이다.

반대로 내가 경비원에게 이것을 말하지 않고 내일 여자에게 협력하겠다고 한다면 이곳에서 탈출하는 것이 가능할 수도 있다. 여자의 말이 진심이라는 전제하에 말이다.

만약 여자의 말이 진심이 아니라면, 즉 COAD의 덫이라면 내가 여자에게 협력하자고 하는 순간 이곳에서의 탈출이 아닌, 그냥 내 목이 날아갈 수도 있다. 그러한 경우에는 경비원에게 사실대로 말하는 것이 맞는 거겠지.

이성적으로 생각하면 어떠한 경우든 경비원에게 말하는 것이 맞는 길일 것이다. 여자가 체포되든 말든 나는 사니까. 혹은 좋은 경우라면 사면이라도 시켜줄 수도 있을 것이다.

하지만 그럴 일은 절대로 없을 것이다.

나는 그들을 잘 안다. 내가 경비원에게 여자에 대해 말한다면 COAD는 내게 상을 주는 것이 아니라 나를 이용하려 들 것이 뻔했다.

그럴 바에는 도박이더라도 여자를 믿어보는 것이 나았다. 여자의 말이 사실이라면 최고의 결과인 거고, 아니더라도 그들에게 이리저리 이용당하는 것보다는 훨씬 나았다.

나는 여자를 믿어보기로 결심했다. 이래 죽으나 저래 죽으나 어차피 위험할 거 도박이라도 해보자는 생각이었다.

그리고 내일이 다가왔다.

전과 똑같이 면회에 가는 것이었지만 느낌은 전과 확연히 달랐다. 어쩌면 마지막이 될 수도 있는 면회였다.

면회실에 들어서니 여자가 먼저 와 있었다. 여자는 경비원들이 방을 완전히 나가기를 기다렸다가 입을 열었다.

"어쩔 거예요?"

"도와주세요. 저도 도와드릴 테니까."

나의 대답에 그녀는 얼굴은 풀며 말했다.

"잘 생각했어요."

그녀가 유리벽 사이로 종이를 내밀었다. 어제 그 지도였다. 난 종이를 받아 들었다.

"밤에 경비원들이 비는 시간이 있어요. 그때 내가 당신 방에 창살을 잘라 줄 거예요. 그럼 그때 창문으로 도망쳐 나오세요. 나오고 나면 그 종이 아래쪽에 쓰여있는 곳으로 와요. 난 그곳에서 기다릴게요."

"방을 나가서는요? 그곳은 아무리 밤이라도 경비병이 있을 텐데요."

"그건 내가 알아서 할 거예요. 당신은 나오기만 하면 돼요."

"…후우 알겠어요. 그럼 언제요?"

"뭐. 빠르면 빠를수록 좋으니까… 내일 저녁 어때요?"

"그렇게 빨리요?"

"왜요? 이렇게 지긋지긋한 곳, 빨리 벗어나고 싶지 않아요?"

그녀의 목소리에서 경멸이 느껴졌다. 온몸에 소름이 돋았다. 그렇게도 싫을까. 이해는 할 수 있었다.

"…그래. 좋아요. 그럼 내일 오세요. 기다릴게요."

"좋아요. 그럼 그때까지 잘 있길 바랄게요."

그녀는 그 말을 마지막으로 방을 나섰다. 더 이상 돌이킬 수 없었다.

탈옥

[가론]

드디어 그날이었다. 아무리 하루라도 기다리기에 결코 짧은 시간은 아니었다. 하루 종일 밤이 되기만을 기다렸다.

"취침 시간이다."

늘 들어오던 소리였지만 괜히 깜짝 놀랐다. 복도에 불이 순서대로 꺼지자 침대에 누웠다. 그러고는 눈을 감고 자는 척을 했다. 심장이 걷잡을 수 없을 만큼 쿵쾅댔다. 그 상태로 몇 시간을 버텼다. 졸음을 참는 것은 생각보다 훨씬 힘들었다. 자꾸만 내려앉는 눈꺼풀을 떴다 감았다를 몇 번이고 반복했다. 참을 수 없을 때마다 이번이 마지막 기회라며 자신을 다독였다.

그때, 밖에서 익숙한 발걸음 소리가 들렸다.

'경비병!'

등에서 식은땀이 흘렀다. 눈을 감고 자는 것처럼 조용히 숨을 쉬었다.

'제발. 제발 그냥 지나가라.'

경비병의 발걸음 소리가 점점 커졌다 다시 작아졌다.

'후우.'

남몰래 숨을 내쉬었다. 그래 봤자 달라지는 건 없었지만 말이다. 발소리가 거의 안 들리게 될 무렵 차가운 바람이 몸을 감쌌다.

'뭐지?'

슬며시 고개를 들어 창문 쪽을 바라보았다가 깜짝 놀랐다. 쇠창살이 있어야 할 곳이 텅 비어있었다.

바로 알 수 있었다. 지금 나가야만 했다.

소리가 나지 않게 최대한 조심스레 창문에 다가갔다. 창문 자체는 그리 높지 않아서 어렵지 않게 뛰어 올라갈 수 있었지만, 문제는 밖에 있었다. 밖으로 나와 외벽에 튀어나온 좁은 난간을 따라 조심스럽게 걸었다. 천만다행히도 나가 있는 쪽에는 경비병들이 없었다. 심장이 터질 것 같이 쿵쾅댔다.

이제 담을 넘어야 했다. 바닥에서 담을 넘으려 했다면 너무 높았겠지만 난 건물 위에 있었다. 높이는 해볼 만한 높이였지만 거리가 너무 멀었다. 얼핏 봐도 내가 있는 곳과 담 사이의 거리는 1~2m쯤 되어 보였다. 도움닫기를 할 수 있다면 괜찮겠지만 내가 서 있는 곳의 폭은 사람 한 명이 벽을 짚고 겨우 서 있을 만한 정도였다.

도움닫기나 다른 도움 같은 건 꿈도 꿀 수 없었다.

그 말인즉슨 혼자만의 힘으로 이걸 뛰어넘어야 한다는 뜻.

조심스럽게 자리를 잡았다. 어차피 오래 있어 봐야 들킬 위험만 있고 좋을 건 하나도 없었기에 빨리 가야 했다.

'제발.'

나는 믿지도 않는 신에게 기도했다. 사실 1년이 넘게 감옥에 갇혀있어서 나의 체력도 말이 아니었기 때문에 운에 맡기는 수밖에 없었다.

하나, 둘, 셋!

순간 몸이 붕 떠 있는 것을 느꼈다. 뭐지? 성공한 건가?

'안 돼.'

담을 코앞에 두고 몸이 무거워졌다.

'제발 제발 제발.'

실패한 건가? 떨어지고 있나?

아무 느낌도 느껴지지 않았다. 슬며시 눈을 떠보자 몸이 공중에 대롱대롱 매달려 있었다. 고개를 들어보니 간신히 철조망을 붙잡고 있는 손이 보였다.

'성공했구나.'

엄청난 안도감과 함께 두려움이 느껴졌다. 떨어지면 어쩌지? 들켰으면 어떡하지?

아니야. 괜찮아. 아무 소리도 나지 않는 걸 보면 들키지 않은 거야. 괜찮아. 그냥 가.

간신히 정신을 붙잡고 다른 손으로 철조망을 잡았다. 두 손으로 철조망을 잡은 뒤 몸을 올렸다. 담 위로 올라가 한숨을 돌리고 나니 그제야 나의 몸 상태가 좋지 않다는 걸 깨달았다. 긴장했는지 온몸을 땀으로 흠뻑 젖은 데다가 바람까지 불어 추위에 몸이 덜덜 떨리고 있었고, 아까는 인식하지 못했지만, 철조망에는 전류가 흐르고 있었다. 그리 강한 전류는 아니었지만, 손에서 계속 올라오는 짜릿한 자극은 그리 내키는 것이 아니었다. 하지만 지금은 쉴 수도, 멈출 수도 없었다. 목 끝까지 올라오는 온갖 육두문자들을 참으면서 담 너머를 살폈다.

벽을 따라 저 멀리 경비병들이 보였다. 멀리 떨어져 있기는 했지만, 밤에는 멀리 있는 소리도 잘 들리기 때문에 방심해서는 안 되었다.

담 너머를 살피고 나니 내가 참 바보 같다는 생각이 들었다. 대체 이 높은 담을 어떻게 넘는다는 거지? 다른 것 보다 내려가는 것이 문제였다. 이 담은 대략 3~4m쯤 된다는 것은 알고 있었다. 사다리나 다른 장비도 없이, 여길 내려가겠다니 바보같이.

딱 하나, 떠오르는 방법이 있긴 했다. 하지만 너무 무모했고 위험했다. 그래도 그 방법밖엔 없잖아. 안 그래? 이곳에 더 오래 있는 것도 결코 좋지 않아.

숨을 깊게 내쉬었다. 한 번 더 목숨을 걸고 싶진 않은데 그럴 수밖에 없는 상황에 너무 어이가 없었다.

물론 나도 무지성으로 뛰어내릴 생각은 없었다. 우선 두 손으로 철조망을 잡고 두 발을 천천히 내렸다. 이렇게 하면 조금이라도 충격을 줄일 수 있기를 바라며.

두 발로 벽을 미는 듯한 액션을 취했다. 나는 천천히 숨을 내쉬며 떨어진 뒤에 어떻게 해야 하는지 떠올려 보았다.

난 할 수 있어.

철조망을 붙들고 있던 손을 놓는 동시에 벽에 지탱하고 있던 발을 밀었다. 혹시나 떨어질 때 벽에 부딪힐 걸 막기 위해서였다.

'으윽!'

몸이 땅에 닿는 동시에 엄청난 충격이 느껴졌다. 일어나려 했지만, 힘을 줄 때마다 느껴지는 아픔 때문에 일어나기 힘들었다. 저 멀리서, 나를 향해 달려오는 불빛들이 보였다.

"저기 있다! 잡아!"

그 소리를 듣는 순간 아픈 줄도 모르고 숲속으로 마구 뛰었다. 숨이 턱 막히고 온몸에 땀이 비 오듯 흘러도 계속 뛰었다. 잡히면 죽는다는 두려움에 심장이 쿵쾅댔다.

얼마쯤 달렸을까. 뒤를 쫓던 불빛과 소음이 조금씩 멀어지더니 더 이상 보이지도, 들리지도 않았다. 나도 조금씩 속도를 줄였다. 숨이 목 끝까지 차올라 서 있기도 힘들었다. 아침 이슬로 젖은 풀밭에 그대로 주저앉아 거친 숨을 계속 내쉬었다. 그러자 조금씩 조금씩 숨이 잦아들었다. 두근거리던 심장도 잦아들었다. 다행히 더 이상 경비들이 쫓아오지 않았다.

말로 표현할 수 없는 오만 가지 감정이 들었다. 살았다는 안도

감, 다시 경비가 쫓아올 것 같은 불안감, 그리고 기묘한 평화로움… 이상하게 들리겠지만 지금 이곳에 그를 제외하고는 정말 평화로웠다. 해가 막 모습을 드러내려 해 검게 뒤덮였던 하늘이 파란색으로 바뀌고 있었고 이제 갓 깨어난 풀벌레들과 새들이 조용히 움직이는 소리까지 들릴 것만 같았다. 조금씩 가슴이 진정됐다. 신체적인 것이 아니었다. 감정. 나를 감싸고 지배하던 분노, 불안감, 불쾌감까지 모든 것이 녹는 것 같았다. 잠시 모든 것을 잊어버리고 아름다운 경치를 즐겼다.

그렇게 잠시 멍하니 서 있다가 정신이 번쩍 들었다. 맞다. 가야 하는데. 해가 뜬 위치를 보니 아직 늦진 않은 것 같았다. 황급히 정신을 차리곤 품에 있던 지도를 펼쳐 보았다. 저쪽에 보이는 교도소를 보며 방향을 찾았다. 그리 멀지 않아 다행이었다. 지도에 표시된 곳으로 걸음을 옮겼다.

주황 머리의
남자

[가론]

약속 장소에 거의 다다랐을 때였다.

바스락바스락.

온몸의 털이 곤두섰다.

바스락바스락.

누가 들어도 발걸음 소리였다. 최대한 소리가 나지 않도록 조심스럽게 그쪽 나무 뒤로 갔다. 나무쪽에 몸을 바짝 기대고 가만히 있었다.

바스락바스락.

발걸음 소리는 계속 들렸다. 나는 나무 뒤로 살짝 얼굴을 내밀고 소리가 나는 곳을 쳐다보았다. 나처럼 젊어 보였지만 체구가 좀 작은 남자였다. 특이한 점은 연두색 눈동자와 주황색 머리카락에 고위 간부임을 표시하는 배지가 달려 있는 고급스러운 옷을 입고 있었고 살짝 장난기가 배어있는 표정이었다는 것이었다. 그 남자는 약속 장소의 공터를 서성이고 있었다.

'뭐지? 역시 COAD의 덫이었나? 들킨 건가?'

심장 소리가 귓가에 울렸다. 몸을 돌려 달아나려 하는 그 순간.

"어이. 거기 있는 거 다 알아. 빨리 나와."

몸이 우뚝 멈춰 섰다. 어떡하지? 도망칠까? 하지만 얼마 못 갈 텐데?

나는 이러지도 저러지도 못하고 어정쩡하게 서 있었다. 그때 남자의 뒤쪽에서 익숙한 목소리가 들렸다.

"이로, 뭐 하는 거야?"

나에게 면회를 오던 여자, 레이첼의 목소리였다. 순간, 나는 혼란스럽기도 하고 살짝 안심되기도 했다. 저 남자는 누구지? 날 체포할 속셈인가? 왜 저 여자와 남자는 친해 보이는 거지? 도망가지도 못하고 경계하는 나의 모습을 본 레이첼은 알만 하다는 듯 가볍게 한숨을 쉬며 입을 열었다.

"내가 경솔하게 굴지 말라 그랬잖아. 쟤 봐. 우리가 잡으러 온 줄 알잖아."

그 말을 듣고도 남자는 별로 개의치 않아 하는 듯했다. 오히려 농담하듯 피식 웃으며 답했다.

"뭐 어떡해. 네가 늦게 온다며, 나도 너 따라 늦게 오면 쟤는 어쩌라고. 아무것도 모르고 있을 거 아니야. 나라도 일찍 와 있어야지."

"그래도 무섭게 하면 안 되지. 쟤는 아직 우리를 못 믿는다고. 난 그렇다 쳐도 너는 처음 만나는 건데 이러면 되겠어?"

"알겠어. 다음부턴 안 그럴게."

그녀의 말에 남자는 입을 삐죽 내밀고 삐진 듯 답했다. 하지만 딱히 반성하는 것 같아 보이지도 않고 장난기가 남아있는 표정이라 그리 설득력 있게 들리지는 않았지만 그런 그를 보고도 살짝 얼굴을 찡그릴 뿐 별말 하지 않는 여자를 보니 둘이 꽤 친해 보였다. 면회실에서 나를 대할 때와는 매우 다른 모습이었다.

대충 남자와의 대화를 끝낸 레이첼은 당황해하는 나를 바라보며 말했다.

"놀라게 해서 미안해요. 얘는 적은 아니고 우리와 같은 편이에요. 신고하거나 체포하지 않을 거예요. 그러니 안심해요. 얘 이름은…"

"이로라고 해!"

옆에서 타이밍을 재는 듯하던 남자가 사뭇 진지하던 여자의 말을 끊고 끼어들었다. 갑작스러운 남자의 행동에 당황한 여자의 어이없어하는 표정을 보니 웃음이 나왔다. 여자가 남자를 노려보자 남자는 슬슬 눈치를 보며 딴청을 피웠다. 계속 남자를 노려보던 여자는 이번엔 참는다는 듯 얼굴을 풀었다.

"이제 어디로 가죠?"

내가 그들에게 물었다.

"그전에, 그대로 갈 거예요?"

내가 이해 못 하고 멍하니 있자 레이첼이 말했다.

"꼴이 말이 아닌데요. 좀 정리하고 가야죠."

딱히 악의는 없는 것 같지만 은근히 기분이 나쁜 말이었다. 말을 끝낸 여자는 옆에 매고 있던 가방을 열어 옷을 꺼내 나에게 건넸다.

"저쪽 가서 갈아입고 와요."

숲에서 입으라고? 물론 나무가 빽빽해서 누가 볼일은 없지만, 밖에서 옷을 입는 건 영 찜찜했다. 내가 옷을 받아 들고 얼굴을 찡그리자 여자도 살짝 불쾌감을 드러내며 말했다.

"어쩔 수 없잖아요. 여기에 탈의실이 있을 리도 만무하고요. 들키면 곤란하잖아요."

반박할 수가 없었다. 어쩔 수 없이 숲으로 들어갔다. 확실히 조금 들어가니 주위가 잘 보이지 않을 만큼 빽빽했다. 그곳에서 옷을 갈아입었다. 고급스럽지도 초라하지도 않은 평범한 옷이었다. 다 입고 나왔더니 여자가 하늘을 바라보며 말했다.

"이제 근거지로 가야겠어요. 완전히 동이 트기 전에 도착해야 하는데 좀 늦었네요. 따라와요. 안내해줄 테니까."

여자가 말을 끝내고 먼저 발걸음을 돌리자 남자가 따라나섰다. 나 역시 그 뒤를 따랐다.

그들이 도착한 곳은 한적한 시내였다. 넓은 논이 펼쳐져 있어 시야가 시원하게 뚫렸다. 내가 원래 있던 곳과 좀 멀리 떨어진 곳으로 오느라 벌써 주위가 많이 밝아져서 저 멀리까지도 잘 보였다. 조금 더 걸으니 건물이 줄지어 있었다. 하지만 줄지어 있다 해도 그리 많지 않아 낮에도 한가할 것 같았다. 우리는 그 건물 중 한 곳으로 들어갔다.

우리가 들어간 건물은 여관이었는데, 허름할 것이란 예상과 달리 깨끗한 편이었다. 여관주인인 두 여자는 모녀 사이로 보였다. 그 중 좀 더 노련해 보이는 여자가 둘의 고급스러운 옷을 보고 놀란 듯 일어섰다.

"아이고 귀한 분들이 웬일로…"

"아. 저흰 괜찮고 저 사람만 묵을 겁니다."

레이첼이 나를 가리키며 말했다. 여관주인은 나의 옷차림을 보고도 여전히 친절하게 대해주었다.

"알겠습니다. 그럼 얼마나 묵으시겠어요?"

"일단 이틀 정도 묵을 생각입니다. 돈은 여기 있습니다."

여관주인은 고개를 끄덕이며 돈을 받았다. 여자는 나에게 다가와 커다란 가방과 함께 조그만 주머니를 내밀었다.

"이 정도면 부족하진 않을 거예요. 더 필요하다 싶으면 그때 줄 테니 걱정하지 말아요."

나는 말없이 가방과 주머니를 받아 들었다. 만져지는 느낌을 보니 여자 말대로 부족하진 않을 것 같았다. 여관주인의 돈 계산이 끝내자 나에게 방 열쇠를 건넸다. 그녀의 딸이 우리를 안내해주었다.

"2층에 빈방이 있어요. 혼자시죠?"

"네."

나는 고개를 끄덕이며 짧게 답했다.

나름 깨끗한 계단을 올라가니 5개의 문이 차례대로 보였다. 우리는 그중 한 방으로 들어갔다.

'202호.'

"두 분은 있다 가실 건가요?"

"아. 네. 좀 있다 가겠습니다."

내가 가방을 놓을 동안 직원이 고개를 끄덕이며 방을 나서는 걸 확인한 여자는 방에 있는 의자에 앉았다.

"앉아요. 좀 오래 걸릴 것 같으니까."

남자는 내게 앉으라는 듯이 고개를 까닥이며 앉았고 나 역시 그 반대편에 앉았다.

"우리한테 묻고 싶은 거 있어요?"

묻고 싶은 거? 있긴 있지. 아니, 많지.

"있죠. 당신들은 왜 나를 돕는 거예요?"

"당신이 우리에게 도움이 될 것 같아서요. 뜻도 비슷할 것 같고 말이에요."

도움이 된다고? 내가?

"예… 뭐, 알겠어요. 근데 날 어떻게 알게 됐어요?"

"기억 안 나?"

남자가 끼어들며 말했다.

"당신 난동 부릴 때 우리도 거기 있었는데."

순간 언제를 말하는 것인지 생각이 나지 않았다. 하지만 곧 내 머릿속에 벼락이 스치듯 한 장면이 떠올랐다. 내가 덩치 큰 사람들한테 잡혀 있고, 내 눈앞에선 우리 가족이 끔, 끔찍하게……

"이 자식!"

나는 벌떡 일어나 남자의 멱살을 잡았다. 온몸에서 솟구쳐 오르는 분노를 견딜 수가 없었다. 남자는 놀란 표정으로 날 쳐다보았다.

"왜 이래요?!"

여자가 날카로운 목소리로 말했다.

"당신들이 거기 있었다고요? 그럼 날 도와준다면서 내 가족이 죽는 건 보고만 있었단 말이에요?! 그날… 그날에 거기에 있었으면서? 그래놓고 날 돕는다고? 그걸 믿으라고요?!"

순간 여자의 표정이 미묘하게 변했다. 슬픔? 자괴감? 그런 표정이 여자의 얼굴에 스쳤다. 그러면서 작은 목소리로 중얼거리듯 말했다.

"그게… 가족들 일은 유감이에요. 우리도 노력은 했어요. 하지만 반역자로 몰린 가족을 어떻게 구할 수가 있겠어요… 사실 당신이 사형되지 않은 것만 해도 정말 기적이에요. 그래도 미안해요. 못 구해서… 진심이에요 우리 둘 다. 그 일은 정말 미안하게 생각하고 있어요."

말도 안 돼 왜… 왜… 대체 왜… 왜 그래야 했지? 왜… 우리 가족은 그렇게 비참하게 죽어야 했지? 아무것도 못 해보고… 아무것도 모르고…

이들을 탓할 수도 없었다. 내가 생각해도 살릴 수 있는 상황은 아니었을 것이다. 그렇지만 누구 탓이라도 해야 할 것 같았다. 그렇지 않으면 진짜… 죽어버릴 것만 같았기 때문이다.

온몸에 힘이 빠져 남자를 잡고 있던 손을 놓으며 의자에 풀썩 주저앉아 머리를 손으로 감싸 쥐었다. 여자의 사과를 들으니 흥분이 좀 가라앉았지만, 그날의 기억이 나의 머릿속에서 지워지지 않았다.

잠시 후, 나는 흥분을 가라앉히고 간신히 입을 열었다.

"미안해요. 내가 너무 흥분했나 봐요."

여자가 이해한다는 듯 고개를 끄덕이며 조심스럽게 말했다.

"이해해요. 많이 힘들었겠죠. 그래도 이런 태도는 좀 삼가해 줘요. 혹시라도 그들에게 들키면 곤란하거든요."

"그럴게요."

잠깐 동안 정적이 흘렀다. 이 상황에서도 냉정한 여자의 말이 조금 언짢긴 했지만 맞는 말이었기에 그냥 그렇다고 했다. 하지만 소동이 벌어진 이후로는 누구도 입을 열고 싶어 하지 않았다. 그 정적을 깬 것은 남자였다. 남자가 여자에게 말을 걸었다.

"뭐, 더 말하기는 그른 것 같은데. 오늘은 이만하자."

"그래… 어, 우리 이만 갈게요. 다음에 봐요."

여자는 서둘러 인사를 했다. 어쩐지 빨리 이 상황을 벗어나고 싶은 것처럼.

"그래요. 잘 가요."

자신이 듣기에도 무심한 말투였지만 그것밖엔 나오지 않았다.

이미 머릿속이 너무 복잡했기 때문이다.

끼이익– 쾅!

문이 닫히고 난 후, 밖에서는 발걸음 소리와 함께 숙덕거리는 소리가 들렸지만 뭐라고 하는지까지는 잘 들리지 않았다.

밖에서 더 이상 아무 소리도 들리지 않자 침대에 몸을 뉘었다. 그러자 곧바로 몸이 무거워졌다. 나는 그렇게 눈을 감고 잠이 들었다.

다음 날, 깜짝 놀라 벌떡 일어나며 눈을 떴다. 식은땀이 흘렀는지 옷도 축축해져 있었다. 아래를 내려다보니 하늘색 계열의 벽지와 짙은 갈색의 문 두 개, 각종 물건들과 침대에 누워 있는 나의 몸이 보였다.

'악몽을 꿨어.'

아직 거친 숨을 몰아쉬며 생각했다. 악몽을 꿨다. 어두운 미로에서 단검을 들고 뛰어다니고 있었다. 하지만 탈출이 목표는 아니었다. 목표는 다른 것이었다. 나는 사람을 찾고 있었다.

기억하기 싫었다. 매일 꾸는 이 꿈이 너무 싫었다.

'여긴 어디지?'

난데없는 두통에 더 생각하기가 힘들었다. 다시 눈을 감고 머리를 굴려 보았다.

그러자 조금씩 생각나기 시작했다. 레이첼이라는 이름의 여자를 만나 지옥 같은 교도소를 탈출한 일, 장난기 많은 남자를 만나고 이 여관에 오게 된 것까지 천천히, 하지만 전부 다 기억이 났다.

정신을 차린 뒤 몸을 일으켜보았다. 두통이 있긴 했지만 계속 누워 있을 수도 없었다. 창밖을 보니 노을이 지고 있었다.

그런데 뭔가 이상했다. 보면 볼수록 해가 지는 게 아니라 점점 떠오르는 것 같이 보였기 때문이다. 그렇지만 난 분명 해가 뜬 지 얼마 지나지 않아 잠이 들었었는데, 지금이 다시 해가 뜨고 있다면…

이런, 하루를 넘게 잔 게 분명했다.

잠시 생각을 정리하던 나는 내가 극도의 피곤과 스트레스 탓에 하루를 넘게 잤고 망할 교도소의 규칙이 몸에 밴 탓에 이리 이른 시간에 일어날 것이라 결론 내렸다.

스스로 수면 시간에 감탄 아닌 감탄을 하며 전날 여자가 건네준 가방을 열어 보았다. 전날 확인을 했어야 했지만 바로 뻗어 버리는 바람에 보지 못했기 때문이었다. 가방을 연 순간, 나는 여자에게 고마움을 느꼈다. 그 안에는 각종 생필품이 들어 있었기 때문이다. 물건들의 양도 적지 않았고 가지런히 정리해 놓은 것이 정성이 담겼다는 느낌을 받게 해주었다. 그 물건들을 가지고 화장실로 가 세수를 하고 씻고 양치도 했다.

뒤처리를 다 끝낸 나는 화장실에서 나와 의자에 앉아 멍하니 창문 너머의 풍경을 바라보았다. 아까보다 조금 더 밝아지고 둥근 형태가 잡혔다는 것 말고는 달라진 게 없었다.

대충 나갈 준비를 마치고 방 열쇠를 가지고 방을 나섰다. 1층으로 내려가자 어제 봤던 안내데스크가 눈에 띄었다. 아직 너무 이른 시간이라 그런지 여관주인은 보이지 않았다. 하긴 이렇게 손님도 없는데 일찍 나와 있을 필요도 없을 것 같았다. 나가려던 차에 데스크에 붙어 있는 조그만 쪽지가 보였다.

"데스크에 주인이 없을 땐 벨을 눌러주세요."
추신: 주인이 없을 때 외출하신다면 쪽지를 남겨 주세요.

지금 이 여관에 손님은 나밖에 없으니 사실상 나에게 하는 말이나 다름이 없었다. 쪽지의 옆에는 팬과 빈 쪽지들이 있었다. 나는 쪽지 하나와 팬을 집어 짤막한 글을 남겼다.

"잠시 아침 산책 다녀오겠습니다. -202호-"

글을 다 쓴 나는 쪽지를 데스크에 놓고 밖으로 나섰다.
건물 밖으로 나오니 건물 몇몇이 보였다. 그리고 그 뒤로는 산이 보이고 옆으로는 작은 건물들이 있었는데 개인 거주 주택인 것 같았다. 이런 촌구석에도 사람이 사는 게 신기할 따름이었다.
딱히 산책길이랄 것도 없었다. 길이라고는 마을을 '마을이라기에도 뭐하지만' 둘로 가르는 아스팔트 차도와 사람이 다니는 흙길이 다였다. 하지만 그게 오히려 좋았다. 정해진 길 없이 자신이 가고 싶은 대로 가는 것, 그로 인해 느껴지는 자유, 지난 1년간 잊어버렸던 감각들이 되살아나는 것이 생생하게 느껴졌다.
정말이지 이 상황이 믿어지지 않았다. 바로 며칠 전만 해도 일어나서 잠자리 정리하고 일을 하러 갈 시간에 탁 트인 풀밭을 자유로이 거닐고 있다는 것이. 탈옥하는 그 상황에선 느끼지 못했던 것들이 뒤늦게 느껴지고 있었다. 새벽의 새소리, 풀벌레 소리가 귓가에 울려 퍼졌다. 마치 자연이 들려주는 노래처럼. 나는 어느새 그 아름답고 황홀한 노래를 관람하는 관객이 되어있었다.

걸을 때마다 이슬의 촉촉한 촉감이 다리를 타고 몸으로 올라왔다. 얼굴을 때리는 산들바람과 숨을 내뱉을 때마다 허공에 퍼지는 수증기까지, 모든 것이 마음을 차분하게 채워 주었다.

그대로 마을을 크게 돌았다. 한 바퀴, 두 바퀴, 세 바퀴, 그러고도 더 많이.

생각보다 산책을 오래 하고 여관으로 돌아왔다. 내가 밖에 나가 있는 동안 해는 벌써 다 뜬 지 오래였다. 어느새 나와 있던 여관주인이 나를 보자마자 벌떡 일어나며 말했다.

"아휴, 총각! 어젠 하루 종일 방에 있더니 오늘은 밖에 왜 이렇게 오래 있었어. 날씨도 쌀쌀한데. 지난번에 그 손님이 총각 기다리고 있어. 빨리 가봐."

지난번에 그 손님이라면, 그 사람들 말하는 건가? 근데 왜 또 왔을까?

여관주인의 재촉에 이런저런 생각을 하며 조금 빠른 걸음으로 계단을 올랐다. 계단을 따라 2층으로 올라가자 202호 앞에 서 있는 주황 머리의 남자가 보였다. 그의 이름이 뭐였더라, 이로… 였나.

"아, 안녕. 이제 왔네. 오래 기다렸어."

멍을 때리는 것 같던 남자는 나를 보자마자 웃으며 말했다.

"오늘은 레이첼이 안 왔어. 바쁜 것 같더라고."

그제야 나는 남자 옆에 여자가 없다는 것을 깨달았다.

"그렇지만 걱정 마! 내가 왔으니깐!"

남자는 여전히 장난기가 넘치는 목소리로 말했다. 뭐, 나한테 그렇게 딱딱하게 구는 여자보다는 이 남자가 좀 더 편한 건 사실이었다.

"일단 문 좀 열어줘. 들어가서 얘기하자."

고개를 끄덕이고 열쇠를 돌려 문을 열었다. 그리고 나가 방에 들어가 탁자 위에 열쇠를 넣는 동안 남자도 방에 들어와 의자에 풀썩 앉았다.

"오늘은 좀 중요한 얘기를 하려고."

내가 의자에 앉자 남자가 작은 목소리로 말했다.

"뭔데요?"

"정해야 될 게 좀 있는데. 우리 조직의 이름이랑 리더, 그리고… 그래, 일단 그 정도?"

리더? 리더라…

"조직 이름이랑 리더요? 그런 건 당신들이 정하는 거 아니에요?"

"에이 둘이서만 정하면 안 되지, 중요한 건데. 그리고 너는 우리 동료 아니야? 왜 빠지려고 그래, 같이 해야지."

순간 여러 생각이 들었다. 여자는 아직 나를 동료로 생각하는 것 같지 않았다. 솔직히 대하는 태도만 보면 거의 경계를 하는 수준이었다. 그렇지만 이 남자는 달랐다. 마치 동료인 것이 당연하다는 듯이, 처음부터 그랬다는 듯이 나를 대해주었다.

비록 이 짧은 시간 만에 그렇게 된다는 것이 믿어지진 않지만.

"리더는 나중에 정해도 되지만…, 레이첼이 조직 이름은 좀 뜻 깊게 지었으면 좋겠다고 하더라고. 내가 여러 개 권해 봤지만… 별로라더라고."

"뜻이요? 어떤 뜻을 말하는…"

"레이첼이 말한 건데, '우리가 비록 반란군이지만 무자비하거나 냉혹하거나 하는 건 별로 바라지 않아. 난 우리가 사람들을 감싸 줄 수 있으면 좋겠어. 죄가 있는 사람은 벌을 받아야 하지만 죄가 없는 사람은 억울하지 않도록 말이야. 이름에도 그런 뜻이 들어갔 으면 좋겠어. 조금 더 친절하고 따뜻하게 많은 사람들이 참여할 수 있도록.'이라고 하더라고. 뭐, 반란군이지만 뭐랄까…, 좀 따뜻하 고 그런 걸 원하는 것 같은데, 나한텐 너무 어려운 주문이라고. 내 가 영~ 감을 못 잡으니까 레이첼이 너한테도 물어보라고 해서."

그 여자가 나한테 물어보라고 했다고? 그건 좀 의외네.

"그래서 그 말은, 나보고 반란군 이름을 지으라고요?"

"아니 뭐. 꼭 네가 지으라는 건 아니고, 의견을 묻는 거지."

말이 그렇지, 사실 나한테 떠넘기는 거나 다름없잖아. …후. 그 렇지만 생각은 해봐야지.

반란군 이름…

반란군이지만 따뜻한, 사람들을 보듬어 준다는 뜻의 이름이 뭐가 있을까…

나는 말없이 곰곰이 생각해 보았다. 그런 뜻을 느낄 수 있는 이름. 뭐가 좋을까…

"좀 직설적이어도 돼요?"

"물론이지."

"…콜드웜…"

"…뭐? 벌레?"

"아뇨. 콜드웜. 차가움을 뜻하는 콜드에 따뜻함을 뜻하는 웜 말이에요."

갑자기 머리를 스친 생각이었지만 말할수록 점점 그럴듯하게 들렸다. 콜드웜. 말할수록 들을수록 그 이름이 원래부터 있었던 이름인 듯이 익숙한 느낌이었다.

"음… 괜찮은데? 그럼 이걸 레이첼에게 말해볼게. 레이첼도 괜찮다고 할 것 같은걸."

나의 말에 남자가 미소 지으며 자리에서 일어났다. 그 미소는 어쩐지 나에게 믿고 있었다고 말하는 것만 같았다.

콜드웜

[가론]

"뭐라고요?! 제가 리더가 되라고요?"

나는 깜짝 놀라 되물었다. 그에 비해 남자의 표정은 한껏 여유가 있어 보였다.

"그래. 좀 진정하고, 소리가 너무 크면 들킨다고 말했잖아?"

난 아직도 당황스러운 표정을 감추지 못했다. 어제에 이어 남자가 찾아와 무슨 일인가 했는데 갑자기 리더를 하라니. 리더를 정할 거면 이 남자나 그때 그 여자가 할 줄 알았는데 나한테 하라고 하니 환장할 노릇이었다.

"아니 왜 처음에 이 일을 계획한 둘이 아니라 저보고 리더를 하라는 거예요?"

"네가 리더에 어울리니까."

간단한 대답이었지만 아직 내 궁금증은 풀리지 않았다. 나는 남자에게 따지듯이 물었다.

"그런 거 말고, 진짜 이유가 있을 거 아니에요."

그러자 남자가 답했다.

"말했잖아. 네가 어울린다니까. 아니, 뭐 정확히 얘기하면 레이첼이랑 나는 리더에 어울리지 않다고 해야 하나?"

이게 무슨 말이지? 나는 아직도 감을 잡지 못했다. 조금 더 정보를 얻어야 했다.

"어울리지 않다뇨? 그게 무슨 말이에요?"

"글쎄? 무슨 뜻일 것 같은데?"

말문이 막혔다. 내가 내민 질문을 무효화시켜 버렸다. 정보를 얻기 위한 질문을 역으로 받아쳐 버렸다. 그제야 나는 깨달았다. 이건 심리전이었다. 무언가 목적을 가진.

보통의 대화에서는 이런 식의 대화법을 쓰지 않는다. 조금씩 정보를 흘리는, 그러다 막아버리는, 마치 '내가 이 대화에 중요한 단서를 쥐고 있으니 어디 한번 해봐.'라는 메시지를 보내는 이런 식의 대화법이 쓰이는 경우는 단 하나였다.

상대를 테스트할 경우. 즉 상대를 시험에 빠트리는 경우였다.

상황을 파악한 나는 흥분을 가라앉히고 곰곰이 생각해 보았다. 테스트를 하는 거라면, 나를 테스트하는 이유가 뭘까? 이 질문에는 두 가지 정도의 가설이 나온다. 첫째, 나의 역량을 테스트하려는 경우. 둘째, 나를 믿지 못하는 경우.

첫 번째 가설의 경우, 말 그대로 나의 능력이 얼마나 되는지 테스트하는 것이다. 아마 내가 이 상황이 테스트인 것을 알아채는지, 만약 알아챘다면 어떻게 대응하는지 등으로 점수를 매기겠지.

두 번째 가설의 경우, 별로 생각하고 싶진 않지만 나를 못 믿어서 나를 리더로 정했다고 했을 때 나의 반응을 보는 것이다. 내가 리더의 자리를 욕심내는지 보려고 말이다.

아니면 둘 다일 수도 있다. 두 가지를 다 보는 거지… 내 능력이 어느 정도 인가, 믿을 수 있는가를…

그렇다면 나는 어떻게 해야 하지? 두 번째 가설의 경우에는 난 리더 자리를 욕심내지 않으니 그냥 그대로 하면 될 것이고, 첫 번째 가설의 경우에는… 최대한 정보를 캐내면 되겠지. 내 능력을 그대로 보여주는 거야. 그에 따른 점수 매기기는 저들에게 맡겨 두고 말이야.

'말했잖아. 네가 어울린다니까. 아니, 뭐 정확히 얘기하면 레이첼이랑 나는 리더에 어울리지 않다고 해야 하나.'

'글쎄 무슨 뜻일 것 같은데?'

레이첼이랑 자신은 리더에 어울리지 않는다…

나는 이 두 문장에 집중해 보았다. 뭔가 뜻이 있는 것 같은 말이었기 때문이다.

이로라는 남자는 장난기가 많지만, 오늘 보인 말솜씨를 보아하니 숨은 실력도 있는 것 같았다. 그리고 때때로 어쩐지 싸늘한 느낌이 들 때도 있는 사람이었다. 하지만 이 남자는 반란 같은 것이나 복수에 그다지 초점을 두지 않는 것 같기도 했다. 정리하자면 실력이나 능력으로는 충분히 리더를 할 수도 있지만, 그에 꼭 필요한 의지가 없어 보였다.

레이첼이라는 여자, 그녀는 아직 잘 모르겠다. 하지만 상황 판단력도 뛰어나 보이고 실력도 꽤 좋아 보였다. 어떻게 아느냐고는 묻지 않길 바란다. 그저 직감일 뿐이었다. 사람이라면 누구나 가지고 있는 그것 말이다.

다시 본론으로 돌아와서, 내 의문은 그거였다. 레이첼이 왜 리더에 어울리지 않는지 말이다. 실력도 있고 복수심과 반란에 대한 의지도 있으며 공과 사도 잘 구별할 것 같은 그녀가 왜? 이 의문은 아직 내가 풀 수 없을 것 같았다.

나는 다음으로, 리더에 어울리는 사람이 왜 나라는 것일까? 하는 의문이 들었다. 생각해 보면 나는 실력도 괜찮고 반란에 대한 의지와 복수심도 충분했다. 하지만 왜? 안지도 얼마 안 된 나를 리더로 삼는 걸까?

그것은… 아마 저 둘이 내가 모르는 이유로 진짜 리더에 어울리지 않거나 혹은 다른 모종의 이유들이 있을 것 같았다.

생각 정리를 끝낸 나는 풀지 못한 의문들을 정리해 이로에게 질문을 했다.

"그 여자는 왜 리더에 어울리지 않는다는 거예요?"

"그건 걔한테 직접 물어보는 게 좋을 거야. 본인 얘기는 본인이

하는 게 낫지 않겠어?"

또 실패. 하지만 이 얘기는 남자의 말대로 여자에게 직접 묻는 게 낫겠다고 생각했다. 아무래도 이런 얘기는 본인에게 물어야겠지. 아마도 이 질문에 답은 그 여자의 약점일 테니까.

"그러면 왜 나예요? 만난 지도 얼마 안 됐잖아요."

이 질문에는 다른 뜻도 들어 있었다. 나를 믿을 수 있느냐고. 믿을 거냐고. 나에게 신뢰가 있느냐는 질문이었다. 아무렇지도 않게 묻는 척했지만 사실 속으로는 굉장히 떨리고 있었다.

그런데 남자는 피식 웃으며 말했다.

"만난 지 얼마 안 됐다고?"

순간 망치로 머리를 얻어맞은 기분이었다. 저 말은, 전에 만난 적이 있다는 소린가? 하지만 난 기억이 없는데…? 설마 전에 그곳에서 만난 것을 얘기하는 건가? 하지만 그건 나를 알아가기에는 너무 짧은데…

내가 당황한 모습을 본 남자는 재미있다는 듯 계속 말했다.

"정확히는 내가 만난 건 아니고 레이첼이 얘기해준 거야. 전에 널 만난 적이 있다고."

그 여자가? 말도 안 돼. 난 기억이 없어. 만난 적 없다고…

나는 거의 패닉 상태였다. 그리고 그로 인해 차분하게 생각하는 것이 불가능했다. 남자는 그런 나의 모습을 살짝 즐기는 듯하다가 입을 열었다.

"뭐 어쨌든, 중요한 건 네가 이제부터 리더라는 거야. 어때? 갑작스럽게 리더가 되니 어벙벙한가 보네."

어떠냐고? 너라면 어떻겠어. 리더가 된 것도 그렇지만 그 여자를 내가 전에 만났다는 게 더 충격이야. 그걸 이렇게 넘겨버리려고?

그렇지만 뭐라 따질 수가 없었다. 머릿속에서 온갖 생각이 떠돌아다니는 데다가 무슨 말이라도 들으면 더 복잡해질 것 같았기 때문이다. 딱히 무슨 말을 더 듣고 싶지도 않았다.

"그럼 너도 동의한 거다? 잘 있으세요. 리더님. 다음에 다시 올게요~."

남자는 방금 전의 그 분위기는 온데간데없이 다시 장난기가 가득 담긴 목소리로 인사말을 하고 일어나 방을 나갔다. 그리고 난 그 모습을 가만히 쳐다보았다.

[이로]

고요한 복도. 들리는 소리라고는 컴퓨터 돌아가는 소리와 숨소리가 다인 복도에 침입자처럼 다른 소리가 들리기 시작했다. 규칙적인 소리, 누가 들어도 거슬리지 않을 만큼 다른 소리와 어울리는 소리였다.

뚜벅. 뚜벅. 뚜벅. 뚜벅.

규칙적으로 이어지는 소리가 갑자기 멈추더니 문 닫히는 소리와 함께 끊겼다.

　방 안, 그다지 좁지 않은 방에는 한 여자가 의자에 앉아 누군가를 기다리고 있었다.

　끼익.

　문이 열리는 소리와 함께, 방에 앉아 있는 레이첼이 보였다.

　"빨리 끝났네. 어땠어?"

　또 이러네. 인사도 안 하고 말이야.

　"이렇게 인사도 안 하고 본론부터 들어가기야? 아무튼, 쌀쌀맞다니까 레이첼."

　좀 투덜거리는 식으로 말하긴 했지만 나도 이미 익숙한 상태였다.

　"빨리 말이나 해."

　레이첼의 말에 나는 피식 웃으며 말했다.

　"뭐. 우리 예상이랑 비슷하던데? 말솜씨도 있고, 상황 판단도 빨라. 리더나 직위에 대한 욕심은 별로 없어 보이고 말이야. 그치만 감정에 너무 쉽게 동요해. 또 그걸 상대에게 보이고 말이지. 감정에 한번 동요하면 그때부터는 아무것도 못 하더군. 뭐. 상대에 대한 파악은 제법이지만, 경험이 부족하고 상대가 이끄는 대로 너무 쉽게 끌려다녀. 장점보다는 단점이 많다고 말할 수 있겠네."

　말은 안 했지만, 세상 물정도 모르고 말이야.

　"저런 사람한테 우리 미래를 맡길 수 있어? 중요한 문제야 레이첼. 신중히 생각해야 해."

나는 가론을 완전히 믿을 순 없다고 생각했다. 솔직히 만난 지도 얼마 안 됐고 능력이 얼마나 되는지도 모르는 사람을 어떻게 믿을 수 있을까.

"너무 단점만 생각하지 마. 가론은 장점도 많은 사람이야. 그리고, 리더? 그건 가론이 어울려. 너도 알잖아. 우리가 리더가 되면 활동에도 제약이 걸릴뿐더러 현명하게 생각하지 못해. 우리의 단점, 그건 우리가 더 잘 알지. 안 그래? 그리고 가론의 단점은 대부분 심리전에서만 부각돼. 그 상황을 만들지 않으면 그만이야."

잠깐 말을 멈추고 내 반응을 살피던 레이첼은 말을 이었다.

"우리가 시스템을 리더 중심으로 할 게 아니잖아. 리더는 상징적인 역할만 하고 실질적으로는 여러 사람들이 모여서 회의하고 정할 거야. 리더가 누구든 크게 상관있지는 않아."

"정말 그렇게 생각해?"

레이첼의 말을 끊고 끼어들며 말했다.

"리더가 중요하지 않다고? 바보 같은 소리. 실질적으로 위세가 없다고 해도 리더는 중요해. 상징적인 역할만 하는 게 아니야. 혹여나 지도자들끼리 문제가 생겼을 때는? 그런 때는 이름뿐이더라도 리더가 정할 수밖에 없어. 위계질서 상에서는 리더가 가장 위니까 말이야. 너도 그런 건 생각했을 거잖아. 왜 걔를 리더로 한다는 거야?"

가론이 리더를 한다는 것 자체는 반대하는 건 아니었지만 다급히 정하는 건 좋지 않다고 생각했다. 레이첼이 이렇게까지 감싸는 이유도 궁금했고 말이다.

"이유 없이 가론을 리더로 하려는 게 아니야. 우리 중에선 그가 가장 리더에 적합하니까 이러는 거지. 만약 가론 말고 다른 사람이 그보다 더 리더에 적합하다면, 난 그 사람이 리더를 해야 한다고 할 거야. 왜? 가론이 네 맘에 안 들어?"

"아니 내 말은 그저 가론이 진짜 리더로 어울리느냐는 거야. 만약 가론이 리더인 이유가 단지 우리 중에서 가장 낫기 때문이라면 그건 좀 이상하다고 봐. 그런 식이라면 가론보다 나은 사람이 나오면 그가 리더라는 거잖아. 나중에 분쟁 거리를 남겨두지 않으려면 지금 깨끗하게 정리해 놓는 게 나아."

레이첼은 입을 다물었다. 나의 말에 생각하는 듯했다.

"그럼 어쩌게? 다른 방법이라도 있어?"

레이첼이 작은 목소리로 말했다.

"안에 없다면 밖에서 찾으면 되지."

내 말에 레이첼은 반감을 드러내며 말했다.

"또 다른 사람을 찾자고? 그건 너무 힘들어. 잊었어? 가론 하나 찾고 접근하는데도 거의 반년이 걸렸어. 이제는 늦춰지면 안 돼."

"가론은 숨겨져 있으니 찾는 게 오래 걸렸지. 드러나 있는 사람을 찾으면 오래 안 걸릴걸? 그리고 그 사람이 리더에는 맞지 않더라도 지도자로만 맞으면 동료로 들일 수 있을 거야. 좋은 인재가 늘어나는 것은 어떤 면으로든 좋은 거니까."

"드러나 있는 사람이라면… 우리 같은 사람들 말하는 거야?"

레이첼의 말에 고개를 끄덕이며 답했다. 정부의 간부들은 낙하산 인재들도 있긴 하지만 대부분은 쟁쟁한 경쟁에서 합격한 사람들이라 실력만은 증명이 됐다는 장점이 있었다.

"그래. 우리 같은 사람들 중에서도 COAD를 싫어하는 사람들은 분명 더 있을 거야."

"근데 그게 가능하다고 생각해? 우리 같은 간부들끼리 접선하는 건 결국 그들의 손바닥 위란 말이야. 우리가 만나는 것도 안 들키는 게 기적인데 여기서 또 하면 그게 될 것 같아?"

말을 이어가던 레이첼이 걱정하는 듯한 표정을 지었다. 나의 표정 또한 그리 밝진 않았다.

"물론 쉽진 않겠지. 그치만 COAD에는 인재가 많아. 그들 중 하나라도 우리 편으로 만들 수 있다면 정말 좋을 거야."

나는 조심스럽지만 단호한 목소리로 말했다.

"누군 아니라니. 어려우니까 그렇지. 간부들끼리는 같이 임무를 할 때조차 사적인 얘기는 아예 안 한다고. 그 사람이 우리한테 우호적인지 아닌지 어떻게 알아?"

"능력 써. 능력 뒀다 뭐해? 이런 데 쓰라고 있는 거지."

"능력을 쓰라고? 여기에?"

내 말에 레이첼이 깜짝 놀란 투로 말했다.

"제정신이야? COAD 안에서 능력을 쓰면 바로 들키는 거 몰라?"

"물론 잘 알지. 근데 말이야."

나는 의미심장한 말투로 말을 끊었다. 그리고 레이첼을 똑바로 쳐다보며 말했다.

"넌 할 수 있잖아."

나의 말에도 레이첼은 딱히 표정 변화는 없었다. 하지만 난 볼수 있었다. 내가 말하는 순간, 레이첼의 눈이 아주 미묘하지만, 커졌던 것을.

"무슨 말이야. COAD 안에서는 마법을 쓸 수 없다는 것. 너도 알잖아. 나도 마찬가지라고."

하지만 레이첼은 여전히 태연한 태도를 취했다. 나는 숨겨왔던 카드를 쓰기로 결심했다. 나의 계획대로 하려면 레이첼의 능력이 꼭 필요했기 때문이었다.

나는 싸늘한 미소를 짓고 말했다.

"무슨 말인지는 네가 잘 알잖아. 난 알아. 네가 그들을 뛰어넘는 마법을 쓸 수 있다는 거. 뭐, 왜 그걸 모르는 척하는지는 잘 모르겠지만 어쨌든 할 수 있잖아?"

내 말에 레이첼은 많이 당황한 눈치였다. 놀란 기색도 숨기지 못하고 있었다. 하지만 곧 감정을 숨기고 나를 쏘아보며 날카로운 목소리로 물었다.

"네가 그걸 어떻게 알아?"

그 말에 나는 입을 다문 채 어깨를 으쓱했다. 알려주지 않을 거라는 무언의 표시였다.

그에 레이첼도 대답을 강요하지 않았다. 내가 입을 다물면 웬만해서는 열지 않는다는 걸 잘 알고 있었기 때문이었다.

레이첼은 뭔가 생각하는 듯 가만히 있었다. 난 그런 그녀를 기다려 주었다. 많은 경험상 이럴 때에는 그냥 두는 것이 낫다는 것을 잘 알고 있는 그였다.

한참 만에 그녀가 입을 열었다.

"…그래. 내가 능력을 쓰는 것을 원하는 거야?"

"응. 안 될 것도 없잖아? 네 능력으로 사람들을 구별하면 접근하기 훨씬 쉬워질 거야. 사람들을 끌어들이기도 마찬가지일 거고."

"… 후, 좋아, 할게. 대신 이번만이야. 다음에는 절대로 능력 안 쓸 거야."

한 번이라는 것이 좀 아쉽기는 했지만 그래도 한다는 것이 다행이었다. 생각보다 일이 잘 풀려서 긴장하고 있던 가슴을 진정시켰다.

"그래. 고마워."

"……"

내 말에도 레이첼은 굳은 표정으로 대답을 하지 않았다.

"…미안. 어쩔 수 없었어."

순간 불안해져서 조심스럽게 사과를 했다. 그럼에도 레이첼은 말을 하지 않았다. 그저 살짝 고개를 돌려 눈이 마주치는 것을 피할 뿐이었다. 변명이라도 하고 싶은 마음이 들었지만 꾹 참았다. 이럴 때 그러는 것은 하나도 도움이 되지 않았다.

나는 레이첼이 그런 능력을 가지고 있다는 것을 알고 있었지만 왜 그런 사기적인 능력을 쓰지 않고 숨기고 있는지는 알지 못했다.

어색한 침묵이 흐를 때, 갑자기 레이첼이 입을 열었다.

"…그건 그렇고, 나 장기 출장 잡혔어."

"뭐?"

난 깜짝 놀라며 되물었다. 장기 출장이라면 꽤 오래 나가 있어야 해서 다들 그리 달가워하지 않는데 반란을 겨우 시작하려는 이럴 때는 특히 곤란한 문제였다.

"갑자기 장기 출장이라니? 얼마나 오래 있어야 하는데?"

"글쎄, 아무리 빨라도 몇 달은 걸릴 것 같아."

장기 출장으로 따지면 그렇게 오래 걸리는 것은 아니었지만 레이첼이 자리를 비우는 시간을 생각하면 꽤 오랜 기간이었다.

"언제 출발해?"

"일주일 뒤쯤"

촉박해. 하지만 나에 비해 레이첼은 무덤덤한 표정이었다.

"좀 오래 자리를 비우긴 하겠지만 인재 몇 명 정도는 데려올 수 있을 것 같아."

"인재? 어떻게 인재를 데려온다는 거야?"

"말하자면 길어. 그때 얘기해 줄게."

난 어떻게 인재를 데려온다는 건지 자세히 물어보고 싶은 충동을 느꼈지만 일단 자제했다. 레이첼의 능력을 믿었기 때문이었다. 한번 한다면 무슨 일이 있어도 지키는 그 능력을 말이다.

"출장 가고 나면 연락할게. 너도 나한테 물을 것이나 알려줄 것이 있으면 나에게 연락해 줘."

레이첼이 말하는 것을 듣다 보니 처음보다는 좀 안심되었다. 레이첼의 말대로 서로 연락하면서 계획을 짠다면 큰 문제는 없을 것 같았다.

"네 말대로라면 정부 사람들은 내가 다 상대하란 말이야? 너무 하네 거 참."

나의 장난 섞인 말투에 레이첼은 피식 웃으며 답했다.

"쓸데없는 소리 마. 심리전은 잘만 하면서 뭘 걱정하는 거야."

"뭐, 그것 말고는 더 말할 거 없는 거지?"

"일단은."

"그럼 이만 가볼게. 다음에는 메시지로 볼 수도 있겠네."

자리에서 일어나면서 인사를 했다.

복도에는 또다시 규칙적인 발걸음 소리가 울려 퍼졌다.

새로운
인물들의 등장

[레이첼]

　이른 아침, 아직 해조차 잠에서 깨어나지 않은 시각이었다. 정부의 입구로 발걸음을 옮겼다. 경비원들이 나를 보고는 손을 들었다. 신분증을 요구하는 표시였다. 나는 무표정으로 안주머니에서 신분증을 꺼내 들이밀었다. 경비원은 신분증과 얼굴을 확인하고는 문을 열어주었다. 나는 모든 차원의 중심, 그리고 모든 악의 중심으로 발을 내밀었다.

　학문적인 용어로는 매지시스, 마법인이라고도 불리는 사람들이 다른 평범한 인간들을 지배하기 위해 설립한 기관이자 조직이 바로 COAD였다. 온갖 불법적인 일들을 저지르지만 처벌을 받지 않고 일말의 죄책감도 가지지 않는, 어찌 보면 축복받았다고도 할 수 있는 이들. 단 수백에 불과한 인원으로 수억 명 위에 군림하는 자들. 그런 사람들이 모여있는 곳이 바로 이곳이었다.

"오셨네요. 소이어 님."

나의 상념의 시간이 끝날 무렵, 부드러워 보이는 회색 단발의 여자가 나에게 말을 걸어왔다.

"높으신 분들이 날 부른 이유가 뭐지? 평소에는 만나려 해도 못 만나는 분들이."

나는 여자의 부드러운 대우에도 차갑게 답했다. 하지만 여자는 그런 건 전혀 개의치 않고 말을 이었다.

"FSC 님들이 부른 건 알고 계신가 보네요."

"그분들이 직접 연락하셨으니까."

"절 따라오시죠. 안내해드리겠습니다."

그 여자의 뒤를 천천히 따라나섰다. 여자는 건물 안으로 들어가 지하로 가는 엘리베이터를 기다렸다. 건물 벽은 전부 쇠 재질의 회색이었고 그 때문인지 차갑고 무거운 분위기를 연출했다.

가는 길에도 여자와 나는 서로 단 한마디조차 하지 않았다. 대신 서로를 탐색하려는 듯한 눈길만이 공간을 가득 채우고 있었다. 그 분위기는 엘리베이터를 타고 지하로 내려가 끝없는 복도를 지나 단단해 보이는 철문 앞까지 이어졌다.

"도착했네요. 마음의 준비하시는 게 좋을 거예요."

여자는 경고하는 투로 말했지만 레이첼은 여전히 표정 변화가 없었다. 여자는 그런 그녀를 보고 의아하게 생각했다. 누구라도 이곳에 오면 미묘하게라도 긴장한 기색을 드러내기 마련이지만. 레이첼에게서는 일말의 긴장감도 느껴지지 않았다. 여자가 문 옆 인식기에 눈을 갖다 대자 둔탁한 소리와 함께 철문이 열렸다.

방 안에는 가구도 거의 없었고 창문 하나 없는 완벽한 밀실이었다. 하지만 정보가 절대로 새어 나가선 안 되는 COAD에서는 흔한 모습이었다. 방 한가운데에는 조금 긴 책상과 들어오는 문과 마주보는 방향에 의자 세 개, 그리고 문을 등지고 있는 의자 하나가 있었다. 의자 세 개에는 각각 한 명씩 사람들이 앉아 있었다.

'FSC.'

FSC란, 현재 COAD에서 직위나 실질적으로 가장 강한 세 사람을 말한다. 세 사람 모두 이름은 알려져 있지 않고 세 사람을 한 번에 부를 때에는 FSC라고 부르고 각자 부를 때에는 "마스터 ∼님." 같이 불린다.

나는 방에 들어가기 전 자신이 알고 있는 정보를 머릿속으로 다시 한번 정리해 보았다.

먼저 마스터 F. 여자이며 영리하다. 연한 주황빛 머리카락은 어깨를 조금 넘으며 아래로 갈수록 색이 옅어져 마지막에는 흰색이다. 강한 카리스마로 유명하다. 남의 말을 무시하는 경향이 있지만, 핵심은 정확히 집어내는 능력을 보유하고 있다. 주로 현장에 직접 나가 일을 처리한다.

다음은 마스터 S. S 또한 여자이며 부드러워 보이지만 가장 정보가 없는 비밀스러운 인물이다. 짙은 보라색 머리카락이 허리까지 닿으며 항상 반묶음 머리를 하고 다닌다. 현장에도 잘 나오지 않는다. 주로 COAD 안에서 일하는 듯 보인다.

마지막으로 마스터 C. FSC 중 유일한 남자이며 덩치 큰 몸에 우둔해 보이지만 방심해서는 안 되는 인물이다. 항상 주변을 잘 살피고 다니고 눈치도 빨라서 암살 시도가 전에도 몇 번 있었지만, 모조리 실패했다고 들었다. 머리가 좋으며 심리전의 고수라고 한다. 매사 강압적인 태도를 취하며 상대를 심적으로 압박하며 허점을 보이게 만드는 기술이 뛰어나다.

방 안으로 들어가 남아있는 의자에 앉았다. 내가 의자에 앉자 그녀를 안내해주었던 여자가 FSC 옆에 보좌하듯 섰다.

모두가 자리를 잡자 마스터 F가 입을 열었다.

"오셨네요 소이어 님. 시간은 없으니 바로 본론으로 들어가도록 하겠습니다. 오늘 저희가 바쁜 일정을 제치고 이곳에 온 이유를 아십니까?"

"모릅니다."

나의 짧은 대답에 마스터 S가 차분한 음성으로 말했다.

"저희가 말을 하지 않았으니 모르는 것이 당연하지요. 괜찮습니다. 이제부터 설명하면 되니까요. 마스터 C 님? 말씀해주시겠어요?"

마스터 S의 말에 C의 굵직하고 낮은 목소리가 방 안에 울렸다.

"뭐, 본론부터 말하자면 소이어 님이 사람의 속마음을 알 수 있다는 소문을 들었습니다. 이 소문이 사실입니까?"

그 말에 순간 당황했지만, 겉으로 내보이지는 않았다. COAD의 정보력을 생각하면 이 정도는 아무것도 아니었다.

"예. 사실입니다."

나는 사실대로 대답했다. 어차피 정확한 정보를 가지고 있으면서 떠보는 것이 분명했기에 거짓말을 해봤자 전혀 통하지 않을 것이었다.

"좋습니다. 그럼 저희의 부탁을 들어주셔야겠습니다."

마스터 C는 정중히 이야기했지만, 이것은 거의 명령이나 다름없었다. 명령받는 것을 그리 달가워하지 않기 때문에 살짝 불쾌해졌지만 이내 곧 차분해졌다.

"요즘 어리석은 반역자들이 늘어나고 있더군요. 저희 입장에서는 굉장히 거슬리는 일입니다. 그래서 말인데, 설마 그럴 일은 없겠지만 COAD 안에 그런 사람이 있는지 한번 알아봐 주시겠습니까?"

예상치 못한 부탁이었다. 능력을 사용해달라니. 조금 난감한 문제였다. 이로에게도 알려줘야 하고 진짜로 그런 생각을 가지고 있는 사람이 있다면 나의 입장에서는 아군이나 다름이 없었다. 그런 사람이 있는지 알아봐 달라는 것은 알려달라는 뜻이고 그때 내 입에서 나올 이름의 주인은 단 하루만 지나면 이 세상 사람이 아닐 게 뻔했다. 하지만…

"알겠습니다."

능력을 쓰지 않겠다고 한다면 분명 의심할 터였다. 차라리 능력을 사용해 정확히 알고 다르게 말하든 하는 것이 더 나을 것이었다.

"하지만 COAD 안에서는 마법을 못 쓰지 않나요? 그건 어떡하죠?"

"걱정하지 마세요."

나의 물음에 마스터 S가 말했다. 마스터 S는 옆에 서 있던 여자에게 눈길을 주었다. 그러자 여자는 팔찌 하나를 나에게 건네주었다.

"그걸 차고 있으면 COAD 안에서도 마법을 쓸 수 있답니다. 대신 이 일을 끝내고 나면 돌려주셔야 합니다."

나는 팔목에 걸린 팔찌를 바라보았다. 영롱한 푸른빛과 초록빛의 구슬이 번갈아 줄에 걸려 있어 매우 아름다워 보였다. 하지만 나는 알고 있었다. 이건 함정이라는 것을.

"알겠습니다. 그럼 언제 알려드리면 될까요?"

"마침 오늘 회의가 있으니 회의 때 알아봐 주시면 감사하겠습니다."

"…알겠습니다."

망했군. 이로랑 상의할 시간은 없겠어.

"좋은 정보를 얻길 바랍니다. 이따 보도록 하죠. 소이어 님."

마스터 F의 인사말을 끝으로 가볍게 고개를 숙였고 그들 옆에 서 있던 여자가 나를 방 밖으로 안내해주었다.

"어떠셨어요?"

방에서 나와 문이 닫힌 후 여자가 나에게 말을 걸었다.

"같이 다 봤으면서 뭘 묻는 건지 모르겠는데."

나는 비꼬는 듯하면서도 여자의 질문에 답을 하지 않고 말했다. 하지만 여자는 그것에도 아무 반응이 없었다. 나는 그것이 이곳에서 하도 별의별 사람들을 상대하다 보니 태연한 척하는 것을 잘하는 것이라고 생각했다.

사실 내가 FSC를 만나는 것은 거의 처음이라고 할 수 있었다. 회의에 가끔 나온 적은 있지만 이렇게 개인적으로 부른 것은 처음이어서, 처음 이 소식을 들었을 때는 FSC를 알아볼 좋은 기회라고 생각했었다.

그리고 덕분에 어느 정도 캐릭터는 파악한 것 같았다.

FSC를 만나고 온 나는 COAD의 다른 건물 안으로 들어섰다. 그 건물 안도 아까 그 건물과 매우 비슷해 처음 온 사람은 헷갈리기 십상이었지만 나에게는 너무나 익숙한 곳이었다. 엘리베이터를 타고 위층으로 올라갔고, 곧 엘리베이터에서 내려 널찍한 복도의 수많은 방 중 한 방에 들어갔다.

방 안에는 중앙을 가르는 기다란 책상과 책상의 가장자리를 따라 의자들이 줄지어 있었다. 그리고 각 의자에는 비슷한 옷을 입은 사람들이 군데군데 앉아 있었다. 그들 중에는 아주 익숙한 이도 있었다. 흔치 않은 주황색 머리카락에 장난기 가득 담긴 표정.

이로.

난 그에게 눈길도 주지 않고 방 안으로 들어섰고 이로 또한 잠깐 쳐다만 볼뿐 그 이상의 행동은 취하지 않았다. 우리만의 암묵적인 규칙 첫 번째였다. 남들 앞에서는 절대 아는 체하지 말 것.

　나는 빈 의자 중 하나를 골라 앉았다. 이제 조금 있으면 사람들이 들어오고 빈 의자가 점점 채워질 것이다. 그때까지 시간이 얼마나 남지 않았다. 작전을 세워야 했다.

　오른쪽 손목에는 팔찌 하나가 영롱한 빛깔을 뽐내며 빛을 반사하고 있었다. 내가 의심하는 이유는 간단했다. FSC가 아무 이유 없이 나를 지원해 줬을 리가 없었다. 이곳에서 상대방을 믿는다는 것은 이상하다고까지 여기는 만큼 이 팔찌에도 당연히 어떠한 장치를 해놓았을 것이었다.

　어떤 장치를 해놓았을까? 내가 생각한 장치는 두 가지 정도이다. 실시간으로 이 상황을 볼 수 있거나 동영상처럼 저장한 뒤 전송되거나. 어떤 식이든 내가 능력을 사용했을 때 보이는 것은 그들에게도 보일 거라는 것은 확실해 보였다. 나는 아마 실시간으로 볼 수 있는 것이라고 생각했다. 그게 사실인지 아닌지를 판단하기 훨씬 쉬우니까. 조작되긴 어렵고 말이지.

　실시간으로 전송되는 것이라고 치고, 다음은 어떻게 조작할 것이냐는 게 문제였다. 방법이 없는 건 아니었다. 팔찌가 전송한 영상이 실시간으로 재생되는 화면 혹은 컴퓨터와 팔찌 사이의 연결고리를 끊어버리면 현재 나의 상황이 그곳으로 전달되지 않는다. 다만 상대편에서도 끊긴 걸 알게 되니까 문제인 것일 뿐. 따라서 유일한 방법은 팔찌와 연결된 화면과 팔찌의 연결을 끊는 것과 동시에 가짜 영상을 연결하는 방법뿐이었다. 그사이에 단 0.001초의

공백이라도 있어선 안 됐다. 조금이라도 틈을 보인다면 바로 알아차릴 것이다.

이 작전이 성공하려면 여러 가지 일을 동시에 해야 했다. 능력 사용과 가짜 영상 연결, 또한 다른 사람들이 알아채지 않게 포커페이스까지. 가짜 영상을 연결하는 것으로 끝이 아니었다. 미리 만들어 놓은 것이 아니므로 자신이 계속 집중하여 재생시켜야 하니까 그것도 문제였다.

여기서 왜 능력 사용과 가짜 영상 재생을 동시에 해야 하냐는 의문이 생길 수도 있다. 가짜 영상을 삽입해 재생시킨 다음 능력을 사용하면 조금 수월할 텐데 말이다. 하지만 그럴 순 없었다. 혹시라도 이 팔찌에 마력을 감지하는 기능이 있다면 내가 수작을 부린다는 걸 눈치채기 때문이다.

정리하자면 첫째, 마력으로 팔찌와 연결된 화면과 팔찌의 연결을 끊는 것과 동시에 가짜 영상을 연결하고 능력을 발동시킨다. 둘째, 가짜 영상을 재생시키고 능력 사용하는 상태를 유지 시킨다. 셋째, 능력을 사용해 상황 파악이 다 끝나면 능력 사용을 멈춘다. 넷째, 아까 연결을 끊은 화면과 팔찌를 다시 연결하는 동시에 가짜 영상을 끈다. 마지막으로, 이 모든 것을 하면서 주위의 열댓 명의 사람들에게 들키지 않아야 한다.

'한마디로 극악의 난이도로군.'

머릿속으로 작전을 짜는 사이 어느새 사람들이 거의 다 와 있었다. 이제 정말로 시간이 없었다. 시곗바늘이 정확히 7시를 가리키자 마스터 F가 앞으로 나왔다. 회의를 주도하는 것은 주로 F가 맡는 일이었다.

"다들 오신 것 같군요. 오늘은…"

난 이 뒤로 마스터 F의 목소리를 기억하지 못했다. 벌써 작전을 시작했기 때문이었다.

정신을 한곳으로 모아 오른쪽 팔목에 차고 있는 팔찌로 향했다. 정신세계로 들어가는 것이었다. 정신세계는 현실세계와는 또 다른 공간으로 상황마다 다르지만 대체로 우주처럼 공허한 공간에 허공에서 헤엄치는 것처럼 움직여야 했다. 그리고 이곳은 다른 정신세계에 비해서 비교적 단순했던 터라 팔찌와 연결된 화면과 팔찌의 연결고리를 찾는 것은 그리 어렵지 않았다. 연결고리를 확인한 나는 가짜 영상을 연결할 준비를 했다. 현실세계에서 무릎 위에 가지런히 모으고 있는 손 안이 벌써부터 흥건해지는 것만 빼면 아주 완벽했다.

속으로 천천히 심호흡하고 셋을 셌다. 타이밍에 맞춰 연결고리를 끊고 가짜 영상을 연결할 생각이었다.

하나

둘

셋

나는 내가 할 수 있는 최고 속도로 고리를 끊자마자 줄을 잡고 자신이 만든 가짜와 연결했다. 연결한 다음, 정적이 흘렀다. 정신세계 속 나는 행동을 멈추고 모든 감각에 집중했다. 혹여나 무슨 소리라도 들리는지, 이질적인 느낌이 드는지.

…느껴진다. 바람 소리. 내게 다가오고 있다.

쉬익――

나는 반사적으로 몸을 틀어 나에게 날아오는 것을 피했다.

'그래. 있을 줄 알았어. 이렇게 허술할 리가 없지…'

고개를 돌려 나에게 날아온 것을 바라보았다. 그것은 마치 기다란 살덩어리 같았다. 겉은 매끈하고 생김새는 기생충같이 길고 얼굴이나 팔다리가 없었으며 새로 돋은 살 같은 핑크빛을 띠었다. 사람들은 그것을 '가더'라고 불렀다. 내가 아는 가더의 특징으로는 '정신세계에 존재하며 정해진 곳을 지키는 일을 한다. 시력이 없어서 주로 청각으로 침입자를 인식한다. 전체 몸길이가 아주 길어서 끝을 본 사람이 없다.' 정도였다.

나는 가더를 발견하자마자 숨을 참고 가만히 있었다. 여러 경험으로 가더는 숨을 참으면 대상을 인식하지 못한다는 것을 알고 있었기 때문이다. 가더는 청각이 매우 뛰어나기 때문에 침입자의 숨소리를 듣고 위치를 찾아내는데, 숨을 참고 아무 소리도 내지 않으면 나의 위치를 찾지 못했다. 그래도 방심해서는 안 되었다. 워낙 감각이 뛰어나니 자칫하면 들킬 수도 있었다.

가더는 나를 찾으려는 듯 몸을 양옆으로 흔들더니 갑자기 빠른 속도로 여기저기에 돌진하기 시작했다. 나를 찾으려 하는 것이거나 아니면 심리적으로 압박을 주려는 것인 것 같았다.

가더가 알아서 갈 때까지 기다려야 했다. 가더가 있을 때 정신세계를 나가려 하면 붙잡혀버릴 수도 있었다. 그래도 다행인 것은 가더가 그리 끈질기지는 않다는 것이다. 5분 정도 지날 때까지 아무 움직임이 느껴지지 않으면 사라져버릴 것이다. 문제는 숨소리를 내지 않으면서 5분을 버텨야 한다는 것이었다. 가더는 청각이 엄청나게 좋으니 이곳에서는 숨을 쉬면 안 됐다.

하지만 문제는 없었다. 나는 숨을 매우 오래 참을 수 있었다. 10분까지는 무난하게 버틸 수 있었다.

가더는 계속해서 돌아다니다가 시간이 지날수록 점점 속도가 느려지더니 나중에는 지친 듯이 천천히 돌아다녔다. 이젠 꽤 시간이 지났다고 생각될 무렵, 가더의 몸이 점점 흐려지더니 사라져버렸다. 나는 가더가 완전히 사라지자 곧바로 정신세계를 빠져나왔다.

나오자마자 고개를 돌리지 않고 주위 사람들을 살폈다. 다행히 나를 이상하게 생각하는 사람은 없는 것 같았다. 평소에도 회의 때 그다지 의견을 내는 편은 아니었기에 가만히 있는다고 의심하지 않는 것 같았다. 주위를 살핀 뒤 재빠르게 능력을 사용해 사람들을 바라보았다.

능력을 사용하면 각 사람이나 사물이 가진 특성이나 마력에 따라 색이 다르게 보인다. 불 속성이면 붉은 계열, 자연 속성이면 초록 계열 등으로 말이다. 그리고 내가 생각하는 대로 분류를 할 수도 있는데 그럴 때는 분류기준에 맞으면 흰색, 맞지 않으면 검은색으로 보인다. 분류를 하고 싶으면, 그냥 생각을 하기만 하면 된다.

나는 능력을 사용하고 바로 분류를 했다.

'여기 있는 사람들은 각각 COAD에 대한 반감이 있는가?'

분류기준을 정하자 모든 사물들의 색이 바뀌기 시작했다. 빠르게, 하지만 눈이 아플 정도는 아니었다. 색이 거의 다 바뀌자 흰색과 검은색을 명확히 알아볼 수 있게 되었다. 대부분이 검은색이었지만 흰색도 있었다.

3명.

하나는 이로일 것이고, 그럼 둘이 남는다. 나는 그 둘의 얼굴을 확인하려 살짝 고개를 돌렸다. 여자 하나와 남자 하나였는데 남자는 내 맞은편에 있었고 여자는 조금 앞쪽에 있었다. 여자는 평범한 갈색 단발머리에 갈색 눈동자를 지녔고, 남자는 남색 머리카락에 보라색 눈동자였다.

둘 중 여자는 잘 모르지만 남자는 만난 적이 있었다. 전에 꽤 여러 번 임무를 같이 했었는데 의외로 합이 잘 맞아서 임무를 수행하기 편했던 기억이 있었다. 단점이라면 그의 임무 수행 방식이 좀 과격한 편이었다는 것 정도.

일단 능력을 사용한 목적은 이루었으니 능력을 해제시키고 정신세계로 들어가 끊어놨던 팔찌와 화면을 다시 연결했다. 아까보다 더욱 신경을 곤두세웠지만, 이번에는 다행히도 가더가 나오지 않았다.

일을 다 끝내고 회의에 집중했다. 회의 내내 멍하니 있는 것도 별로 좋지 않을 것 같았다.

"예. 에리스 님, 의견 말씀해 주시죠."

마스터 F가 한 여자를 가리키며 말했다.

"그 죄수의 아버지와 이곳이 연관된 기록이 있습니까?"

"있다고 들었습니다. 전에 하급 간부였었는데 파문당했다더군요."

가론 얘기를 하나 보군. 하긴, 탈옥을 했으니 이쯤 되면 회의에도 오르내릴 만한 주제였다.

"누군진 몰라도 간 큰 녀석이군요. 전문 교도소에서 탈옥할 생각을 하다니."

한 남자가 얼굴을 찌푸리며 말했다. 복장으로 보아 교도소 책임자인 것 같은데 자기한테 책임을 물을까 봐 신경 쓰이는 눈치였다.

"그래서 뭐 어쨌다는 겁니까? 어떻게 탈옥했는지도 모르고, 혼자 했는지 공범이 있는지도 모르고 어디로 갔는지도 모르면 어떻게 잡습니까? 그 교도소 관리는 대체 일을 어떻게 하는 거예요?"

누군가가 신경질적인 목소리로 말했다. 아무래도 죄수가 탈옥했는데 아무것도 모른다는 게 간부로서 자존심 상하는 모양이었다.

"제가 아니라 아랫사람이 한 겁니다! 제가 관리하는 곳이 한두 군데인 줄 아십니까? 그 많은 곳을 관리하는 게 어디 쉬운 줄 알아요?"

교도소 책임자가 목소리를 높이며 말했다. 내가 알기로는 저 사람도 뇌물 좀 밝히는 거로 알고 있는데 괜히 찔리는 모양이었다.

'멍청이 같은 놈, 저러면 일 오래 못하지. 저렇게 뇌물 밝히는 것들은.'

"한두 군데가 아닌 건 당연하지 않습니까? 그 많은 곳을 관리하라고 보낸 거잖아요. 일 똑바로 안 합니까?"

다른 사람도 지지 않고 쏘아붙였다. 평소에도 별로 마음에 안 들어 했던 눈치였다.

"자자 다들 조용히 좀 합시다. 여기서 굳이 목소리를 높여야 되겠습니까?"

마스터 F가 사람들을 조용히 시키며 말했다.

"무슨 핑계를 대든 이번 일이 교도소 측 책임임은 분명합니다. 의의 없으시죠?"

마스터 F가 사람들을 바라보며 날카롭게 물었다. 물론 묻는다기보다는 통보한다는 표현이 더 어울리긴 했다. 그녀의 말에 대부분이 눈치를 보다가 고개를 끄덕였다.

"좋습니다. 그럼 브라이브 님? 일어나 주시죠."

그 말에 아까 그 교도소 책임자가 잔뜩 긴장한 얼굴로 일어났다. 저 사람 이름이 브라이브였구나.

"이 일에 어떻게 책임지실 거죠?"

브라이브는 미세하게 떨리는 손을 움켜쥐고는 짐짓 단호한 목소리로 입을 열었다.

"이 사건과 관련된 자들을 조사해 모두 처벌하겠습니다."

"그것뿐인가요?"

마스터 F가 성에 차지 않는 듯 따지는 말투로 쏘아붙였다. 그 말에 당황한 브라이브는 대답을 하지 못하고 우물쭈물거렸다.

"이 사건에 대한 조사권과 범인에 대한 판결권을 저희에게 넘기십시오."

마스터 F의 말에 다들 놀란 듯했다. 나 또한 저렇게까지 강경하게 나올 줄은 생각하지 못했다.

"COAD에서 직접 조사하시겠다는 말씀이십니까?"

브라이브가 당황한 기색을 숨기지 못하고 되물었다. COAD가 직접 조사한다면 그가 그동안 뒷돈을 받은 걸 밝혀내는 것은 일도 아닐 터였다.

"같은 말 두 번 안 합니다."

마스터 F는 단호하게 답하고 브라이브를 노려보았다. 내 추측이지만 아마도 브라이브가 뒷돈을 챙긴 것을 어렴풋이 알고 있었던 것 같았다.

"앉으십시오."

마스터 F의 말에 브라이브는 겨우 자리에 앉았다. 아까보다 훨씬 창백해진 얼굴이었다.

"오늘 회의는 이것으로 마치겠습니다."

마스터 F가 모두를 바라보며 말했다. 마스터 F의 말이 끝나자 다들 자리에서 일어나 밖으로 나갔다. 나와 이로 또한 그들에 섞여 일어났다.

모여서 방을 나간 사람들은 회의가 끝나면 얼마 안 가 뿔뿔이 흩어진다. 크게 두 그룹으로 나뉘는데 회의가 끝나고도 COAD 안에 볼일이 있어 남는 사람과 아예 COAD 밖으로 나가는 사람들로 나뉜다. 하지만 그것마저도 COAD가 워낙 넓어서 금방 흩어지는 것이 일반적이었다.

나는 일단 건물 밖으로 나갔다. 내 직감이 맞다면 누군가가 나를 데리러 올 것이다.

곧, 건물 그늘 쪽에서 누군가가 나에게 손짓했다. 그쪽을 보니 아침에 나를 안내했던 여자였다. 나는 주변을 살핀 후 여자에게 다가갔다.

"안녕하십니까 소이어 님. 기다리고 계셨군요."

나는 대답하는 대신 여자를 가만히 쳐다보았다. 노려보는 정도는 아니지만 눈에 적당히 힘을 주고서. 나보다 높지도 않고 잘 보일 필요도 없는 사람에게 예의 차릴 필요는 없었다.

"따라오시죠."

여자가 뒤를 돌아 걸어가고 나도 그 뒤를 따라갔다. 그녀를 따라가자 아까 왔던 방에 도착했다. 겨우 두 번 왔는데 벌써 익숙한 느낌이었다.

"안녕하세요. 소이어 님."

여자를 따라 들어가자 마스터 S가 나를 향해 인사하며 말했다. 방 안에는 이번에도 FSC가 모두 모여 있었다. 내가 방에 완전히 들어서자 여자가 내 뒤에서 문을 닫았다. 문이 완전히 닫히는 걸 확인한 마스터 C가 입을 열었다.

"그래서, 반역자가 있었습니까?"

마음의 준비 할 시간도 없이 훅 들어오는 질문. 하지만 나는 딱히 상관없었다. 어떻게 할지는 이미 다 생각해 놓았기 때문이었다.

"없었습니다."

나의 대답에 다들 그럴 줄 알았다는 반응이었다. 아마도 팔찌로 염탐을 했다는 나의 가설은 맞은 듯했다. 회의를 진행하는 동안 실시간으로 보고 있었겠지. 내가 보낸 가짜 영상인지도 모르고, 바보같이.

"알겠습니다. 알아봐 주셔서 감사합니다."

마스터 F가 고개를 끄덕이며 말했다. 나 또한 고개를 끄덕이며 오른쪽 팔목에 있는 팔찌를 빼서 옆에 여자에게 주었다.

"더 이상 볼일이 없다면 이만 가보도록 하겠습니다."

"그래요. 잘 가세요."

마스터 S의 인사말을 끝으로 뒤를 돌아 방을 나섰다.

FSC를 만난 뒤 내 작업실로 가 아까 알아낸 사람들의 신원을 확인한 뒤 바로 이로에게 갔다. 이로는 임무가 없으면 주로 작업실에 있으니 찾는 것은 그리 어렵지 않았다.

작업실을 찾아가니 역시나 내 예상대로 이로가 있었다. 이로는 내가 방에 들어오기 전부터 인기척을 느꼈는지 내가 문을 열자마자 특유의 개구진 웃음으로 인사했다.

"안녕? 네가 날 먼저 찾아오다니, 웬일이야?"

"COAD에 반감을 품은 자들을 알아냈어."

내 말에 이로는 꽤 놀란 표정이었다. 하긴, 그렇게 하기 싫어했으니까 놀랄 만도 했다.

"벌써? 빠르네. 근데 나한테 상의는 해야 했던 거 아니야? 그래도 꽤 중요한 일인데."

"일이 그렇게 됐어. 나도 의도한 건 아니야."

이로는 잠깐 나를 빤히 쳐다보더니 이내 입을 열었다.

"능력을 쓴 거지?"

그건 왜 물어보는 거지? 당연히 능력을 써야 알 수 있는데. 날 못 믿는 건가?

나는 이로의 물음에 고개를 맞다는 표시로 고개를 끄덕였다. 나를 좀 더 쳐다보던 이로는 이내 나에게 물었다.

"그래서 그게 누군데?"

의심은 가지만 나에게 물어보지는 않았다. 우리들만의 암묵적인 규칙 두 번째였다. 과거에 대해서든 뭐든 상대가 밝히길 원하지 않으면 묻지 않기.

나는 이로에게 가까이 다가가 작은 소리로 속삭이듯 말했다. 이곳은 COAD 안이기 때문에 도청될 가능성이 있기 때문이었다.

"테오랑 다이."

이로는 조금 놀란 듯 눈을 크게 뜨더니 곧 고개를 끄덕였다.

"알아?"

"조금, 나중에 알려줄게."

"…그래."

잠깐의 침묵. 이로는 의자에 앉아 양옆으로 까딱거리며 뭔갈 생각하고 있었다. 나 또한 앞으로 어떻게 할지 머릿속으로 정리했다.

곧, 이로가 침묵을 깨고 나에게 물었다.

"출장 가는 거 얼마나 남았지?"

"5~6일 정도, 다음 주 월요일이니까."

"오늘이 수요일이고…"

이로가 낮게 중얼거렸다. 왜 그러는지는 잘 모르겠지만 날짜를 계산하는 것 같았다. 나는 잠시 쉬었다가 이제 할 말은 다 했다 싶어 이로에게 인사했다.

"이만 가볼게."

"벌써? 아쉽네. 네가 먼저 날 찾아온 건 오랜만인데."

"더 할 말이 있는 것도 아니잖아? 오래 있으면 위험하기만 하지."

"그래. 뭐, 잘 가~."

방을 나서려는 나에게 이로가 웃으며 인사했다. 어쩜 저리 한결같이 웃을 수 있는지 신기할 따름이었다. 나라면 저렇게 할 수 있을까? 아마 절대로 못 할 것 같았다.

[가론]

늦은 오후, 너무 따분했다. 이런 시골에서는 하루 종일 할 만한 일도 별로 없었다. 그냥 밖에 나가서 산책하거나 로비에 있는 낡은 책을 읽거나 방에서 뒹구는 게 전부였다. 비록 교도소에서 지내던 것에 비하면 사치 수준이긴 했지만 말이다. 너무 심심한 나머지 그 여자와 남자가 찾아오기라도 했으면 좋겠다고 생각할 지경이었다.

똑똑.

갑자기 노크 소리가 들렸다. 나한테 노크를 할 사람은 그 사람들뿐이었다. 여관주인은 노크를 하지 않았다.

"들어가도 돼?"

그 남자의 목소리였다. 당연하지. 안 그래도 심심하던 차에 잘됐네.

"들어오세요."

주황 머리 남자가 문을 열고 안으로 들어왔다. 그런데 한 사람이 더 있었다. 이번에도 혼자 왔을 거라는 내 생각과는 달리 그 여자도 함께였다.

"아, 오늘은 같이 왔어. 따로 볼일이 있다나? 나 혼자 와도 되는데."

웃으며 인사하는 남자와 달리 여자는 살짝 고개를 까딱이기만했다. 역시 아직은 이 여자를 대하기가 어려웠다. 그들이 내 앞에 앉았다.

"오늘은 무슨 얘기를 하려고 왔어요?"

"흥미로운 얘기를 하러 왔지~."

웃음기를 잔뜩 머금은 얼굴과 말투에 나도 모르게 미소가 새어나왔다.

"아, 그리고 그전에 얘기할 게 있는데. 깜박할 뻔했네."

남자의 얘기에 여자도 의아한 표정으로 남자를 바라보았다. 아마 여자도 몰랐던 것 같아 보였다.

"우리…"

남자는 중요한 얘기라도 하려는 듯 말을 멈췄다. 무슨 얘기를 하려고 이러는 건지 궁금해 나도 모르게 몸을 기울였다.

"말 놓을래?"

"뭐?"

여자가 어이없다는 듯 남자를 바라보며 외마디 소리를 냈다. 남자는 우리의 반응을 즐기며 웃고 있었다.

"왜… 요?"

내가 의아한 목소리로 남자에게 물었다. 왜 말을 놓자고 하는지 전혀 이해되지 않았다.

"아니, 이제 동료잖아? 동료끼리 꼬박꼬박 존댓말 쓰면 어색하지 않아? 어차피 이제 계─속 같이할 건데 편하게 대하는 게 좋지. 동료애 같은 것도 생길 겸. 솔직히 너네 둘 너무 어색하거든? 무슨 적이냐? 말도 안 붙이고."

"한마디로 시답잖은 유대감 생성 뭐 그런 거냐?"

남자의 말이 끝나자마자 여자가 대놓고 반감을 드러내며 쏘아붙였다. 나는 여자의 말을 듣고 짐짓 놀랐다. 까칠한 건 대충 알았지만 이렇게까지 대놓고 말할 줄은 생각하지 못했었다.

"그런 거 아니야~. 동료 되는 겸 친구 좀 사귀자~ 그런 거지. 너 사회성도 좀 기르고. 사람이 그렇게 정나미가 없어서 되겠냐. 있는 친구도 멀어지게 하고."

"친구 같은 거 필요 없어. 약해 빠져서 발목 잡는 것 따위는."

남자의 팩폭 같은 조언에도 여자는 쌀쌀맞게 대답했다. 무슨 말일까. 저 여자에게 친구란 그런 걸까?

"너는? 너는 어때?"

남자가 나를 보고 말했다. 여자에겐 안 먹힐 것 같으니 나에게 희망을 거는 것 같았다.

"뭐… 괜찮아요."

나는 솔직히 상관없었다. 한편으로는 말을 놓으면 여자와 조금이라도 친해질 수도 있을 것 같기도 했다. 남자 말대로 어차피 이제 동료인데, 나쁘지 않을 것 같았다.

"좋아! 그럼 넌 찬성인 거지? 다수결로 찬성 2표, 반대 1표. 찬성 승! 그러니까 이제부터 말 놓는 거다? 알겠지?"

"으응."

남자의 말에도 여자는 무표정으로 입을 열지 않았다. 나도 아직은 말을 놓기가 조금 어색했다.

"그럼 난 이제 형이 생기는 거네. 잘 부탁해. 가론 형!"

남자가 나에게 윙크를 하며 말했다. 이 사람이 나보다 어리다는 걸 처음 알았다.

"너… 나보다 어려?"

"응. 형은 25살이고 나는 24살이니까 어리지. 참, 레이첼은 형이랑 동갑이야. 25살."

"저 사람이 나랑 동갑이라고? 근데 너는 왜 저… 쟤를 이름으로 불러?"

"처음 만났을 때부터 쭉 이름으로 불렀더니 입에 붙어서. 레이첼
도 괜찮다고 했으니까 괜찮아. 처음 만날 땐 나이도 몰랐는데 뭐."

나는 여자를 바라보았다. 여자는 우리의 대화에 전혀 끼지 않고
옆쪽만 보고 있었다. 말을 걸고 싶었지만 뭐라 해야 할지 감이 오
지 않았다. 말을 놓아도 대하기 어려운 건 똑같은 것 같았다. 오히
려 안 친한데 말을 놓으니 더 어려웠다. 그런데 동갑이라니.

"근데 너 이름이 뭐였지?"

"에이. 지난번에 얘기했는데 벌써 까먹었어? 난 이로고 이쪽은
레이첼이야. 이번엔 잘 기억해놔!"

"…알겠어."

이로의 밝은 리액션에 절로 미소가 띠어졌다. 이렇게 평화로운
게 얼마 만인지. 기억도 잘 나지 않을 만큼 오래전 이후로는 느껴
보지 못한 감정이었다.

"이제 잡담은 그만하고 본론 좀 들어가지? 빨리 가야 하는데, 시
간 낭비하지 말고."

여자의 현실적인 말에 이로는 정신이 들었는지 머쓱한 표정으로
말했다.

"아 맞네. 형. 에글루스라고 알아?"

"아니? 그게 뭔데?"

"역시 형은 갇혀 있었어서 모르는구나. 최근 몇 년 들어 출몰하
는 사람을 잡아먹는 괴물인데 햇빛에 노출되면 불타 죽어. 지들도

아는지 낮에는 잘 안 보인대."

"다른 건 안 통하고 철로 만든 무기만 통해. 그걸로 베면 효과적으로 상처를 입힐 수 있고 목을 베면 재가 되어 죽어. 사람들은 무기 중 주로 칼이나 총을 쓰지. 에글루스에게 죽은 시체는 죽은 지 며칠이 지나면 천천히 재가 된다더군."

이로가 말하는 중에 레이첼이 끼어들며 설명했다. 내가 없는 사이 그런 일이 있었구나. 하지만 나는 무기를 조금 쓸 줄 아니 딱히 위험하진 않을 것 같았다.

아, 무기.

"근데 나는 무기가 없어서 어떻…"

"그건 우리가 맞춰줄 거야."

"그래서 그걸 물어보려 온 거기도 해. 형은 원래 쓰던 무기 있어? 장검이나 총 같은 거."

내가 쓰던 무기? 있긴 있지. 하지만…

"있긴 있는데…"

"그래? 뭔데?"

나는 잠시 망설였다. 있긴 했지만 별로 쓰고 싶지는 않았기 때문이다. 하지만 그것 말고는 달리 쓸 줄 아는 것이 없었다.

"단검…"

"단검? 단검을 써? 그럼 근접전을 하겠네?"

이로가 흥미롭다는 투로 말했다. 그치만 난 그런 반응이 그리 달갑지 않았다.

"응…"

"오 요즘에는 총을 많이 쓰던데. 나 지금까지 단검 쓰는 사람은 두 명 밖에 못 봤어."

"싸울 때 불리하니까 그렇지. 단검은 가까워야 싸울 수 있는데 공격하려 접근할 때 총이나 활에 맞아 버리잖아. 칼이랑 싸울 때도 대부분 단검보다 길어서 막기 힘들고. 네가 본 두 명도 결국 임무 갔다가 죽었어."

냉정한 레이첼의 말에 이로는 살짝 눈을 흘겼다. 솔직히 나도 단검이 싸울 때 불리하다는 것쯤은 알고 있었다. 하지만 그건 무기를 쓸 줄 아는 사람과 싸울 때의 이야기였다. 내가 처음 무기를 선택하고 훈련할 때 싸워야 할 대상은 그런 사람이 아니었다. 그랬기 때문에, 그때는 내가 단검을 써도 아무 문제가 되지 않았다.

하지만 이젠 아니었다.

"내 생각엔 단검보다는 다른 무기 사용을 새로 배워야 한다고 봐."

레이첼이 여전히 무표정한 얼굴로 말했다. 그에 이로는 걱정스러운 말투로 말끝을 흐렸다.

"뭐? 하지만 그러면…"

"비효율적이지, 알아. 하지만 아무리 그래도 단검은 안 돼. 어쨌든 반란군 리더인데 너무 쉽게 죽으면 안 되잖아?"

무기를 바꿔야 한다는 것은 나도 생각하고 있었다. 아무리 생각해도 단검은 싸울 때 너무 불리하기 때문이었다. 하지만 다른 무기를 새로 배우려면 노력이 많이 필요했다. 그러기에는 시간이 많지 않았다.

"그럼… 뭐야? 내 무기 바꾸기가 결론이야?"

"일단 지켜보자. 단시간에 바꾸는 게 쉽진 않잖아. 그리고 나서 생각해 보지 뭐. 지금 정해봤자 당장 연습할 수 있는 것도 아니니까."

내 물음에 이로가 대답해 주었다. 레이첼도 별말이 없는 걸 보니 찬성하는 것 같았다.

"자 이제 내 용건은 끝났고…. 레이첼 너 가론형한테 볼일이 있다고? 할 말 있으면 지금 해."

이로가 잠시 생각하더니 레이첼에게 말했다. 그에 레이첼은 맞다는 표시로 고개를 끄덕였다.

"우선 너는 좀 나가줄래? 둘이서 이야기하고 싶거든."

레이첼이 이로를 바라보며 말했다. 이로는 웃는 얼굴로 고개를 끄덕이며 일어나 방 밖으로 나갔다. 이제 이 방엔 우리 둘뿐이었다.

방에는 어색한 침묵이 흘렀다. 레이첼이 계속해서 아무 말도 하지 않자 결국 참다못한 내가 입을 열었다.

"저… 나한테 할 얘기가 있어?"

내가 들어도 어색하기 짝이 없는 말투였다. 하지만 기껏 말을 놓았는데 다시 존댓말을 하긴 싫었다. 하지만 정작 단둘이 있을 때 말을 놓으려니 적잖은 노력이 필요했다. 자꾸만 입이 제멋대로 '요.'를 붙이려 들었기 때문이었다.

나의 노력이 통했는지 레이첼도 드디어 입을 열었다.

"얘기라기보다는… 좀 다르지."

"뭐가 다른데?"

내 말에 레이첼은 곁눈질로 나를 뚫어져라 쳐다보며 말했다.

"넌 그냥 가만히 있기만 하면 되니까."

응? 그게 무슨 말이지? 뭐… 얘기하는 것 말고 다른 게 있을 수 있나?

당황해서 이것저것 생각하고 있던 찰나, 점점 눈이 감겨 왔다. 처음에는 눈을 뜨려고 안간힘을 썼지만, 눈을 뜰 수가 없었다. 결국 힘이 풀려서 눈이 완전히 감기기 직전, 흐릿한 시야 사이로 무표정으로 나를 바라보는 레이첼이 보였다. 그러고선 정신을 잃었다.

[이로]

꽤 시간이 지났는데도 레이첼이 나오지 않았다. 문에 귀를 대보았지만 아무 소리도 나지 않았다. 노크해 보아도 아무 반응이 없었다. 시간이 갈수록 점점 초조해지기 시작했다. 무슨 일이 있을 것 같지는 않았지만, 워낙 레이첼은 무슨 짓을 할지 예상이 되지 않아서 자꾸만 걱정이 되었다. 인내심에 한계가 와 문을 열기 직전, 레이첼이 불쑥 문을 열었다.

나는 레이첼을 보자마자 이것저것을 물어보려 했다.

"레이첼! 왜 이렇게 늦었어? 무슨 일 있는 줄 알았…"

그 뒤로는 말을 이을 수 없었다. 문을 열고 나온 레이첼의 어깨

너머로 탁자에 엎어져 있는 가론이 보였기 때문이었다. 충격을 받아 굳어버린 나에게 레이첼이 태연한 말투로 말했다.

"쟨 저대로 놔둬도 돼. 좀 있으면 깨어날 거야. 좀 늦었으니까 빨리 가자."

걸어서 빠져나가려는 레이첼의 손목을 빠르게 낚아채곤 낮은 목소리로 물었다.

"너 뭐한 거야?"

표정으로는 나타내지 않았지만, 나는 몹시 화가 나 있었다. 그것은 목소리에도 묻어나왔다. 내 말에 레이첼은 뒤도 돌아보지 않고 여전히 무덤덤하게 말했다.

"우선 이것 좀 놓고 말해."

난 손을 놓지 않았다. 오히려 더 힘을 주었다.

"아니. 네가 왜 저랬는지 말해야 놓아줄 거야."

레이첼은 가볍게 한숨을 쉬더니 말했다

"기억을 일부 지웠어."

뭐? 기억을? 왜?

"남의 기억을 네가 왜 지워?"

화가 났다. 기억은 함부로 지우면 안 되는 것이었다. 사실 어떤 경우에서도 절대 지우면 안 되었다. 그런데 이렇게 아무렇지 않게 지워버리다니. 그것도 남의 기억을. 그리고 왜 이렇게 당당한 거지? 남의 기억을 지운 것은 엄연히 잘못이었다. 그런데 왜 이런 거냐고. 자기가 잘못한 걸 모르는 건가? 왜? 어떻게 그걸 모를 수 있지?

"보아하니 특이한 기억이 있더라고. 그게 있으면 반란군을 제대로 못 하겠다 싶어서 지웠지. 각인되어 있어서 그런지 지우는데 생각보다 오래 걸렸어."

"네가 가론 형의 기억을 지우는 거랑 반란군을 제대로 못 하는 거랑 무슨 상관이야?"

"상관있지."

레이첼은 뒤를 돌아 나를 바라보며 말했다.

"쟨 그 기억이 있으면 사람 못 죽여."

그 말에 나는 순간 멈칫했다. 반란군을 하면 어떻게 하든 사람은 죽여야 했다. 전투를 하든 암살을 하든 사람을 죽이지 못하면 반란군을 하는 데 아주 큰 걸림돌이었다. 하지만 이내 의문을 가지고 레이첼에게 물었다.

"넌 그걸 어떻게 알아?"

"뭘?"

"그 기억이 있으면 사람을 못 죽일 거라는 걸 넌 어떻게 아냐고."

내 물음에 레이첼은 머뭇거렸다. 레이첼은 잠시 생각하는 듯하더니 입을 열었다.

"능력을 썼어."

씨알도 안 먹힐 거짓말. 물론 레이첼도 이 말이 통할 거라고는 생각하지 않았을 것이다. 레이첼이 능력을 쓰는 걸 아주 싫어한다는 것은 나도 아니까 말이다. 이렇게 해서 밝히고 싶지 않다는 의지는 표한 것 같았다. 이렇게 하면 내가 더 이상 묻지 않을 것도 레이첼은 아니까 그랬겠지.

나는 레이첼을 뚫어지게 쳐다보았다. 저 무표정 속에 대체 어떤 생각이 들어 있는 건지 이해하고 싶었다. 나는 레이첼이 자신에 대해서라도 솔직하게 말했으면 좋겠다고 생각했다. 아프거나 안 좋은 기억이 있다면 도와줄 수 있을 텐데. 위로라도 해주거나. 물론 내가 뭐라 할 처지가 아니긴 하지만, 그래도.

레이첼이 손목을 살짝 비틀었다. 이제 손을 놓아달라는 무언의 표시였다. 나는 순순히 손목을 놓아주었다.

"이제 어쩔 거야? 형은 네가 기억을 지운 걸 몰라?"

"기억이 지워지면 그 기억은 처음부터 없었던 걸로 되니까 지워진 건 모를 거야. 느낌이 이상할 순 있겠지만 그걸로 뭘 알 수 있는 것도 아니니까 신경 쓸 필요는 없어."

"가론 형도 네가 뭔가를 했다는 것쯤은 알 거 아니야."

"기억을 조작했어. 우리가 에글루스 얘기하고 바로 헤어지는 걸로. 이러면 문제는 없잖아, 안 그래?"

그래, 문제는 없지. 하지만 여전히 언짢은 기색은 감출 수 없었다. 이유가 뭐든 간에 남의 기억을 지우는 건 잘못된 것이었기 때문이다. 내가 절대 하지 않겠다고 스스로에게 맹세한 것을 나의 동료가 한순간에 깨버렸다. 그것만으로도 충분히 찝찝한 기분이 들었다.

"이제 좀 가지? 이만하면 시간 낭비는 충분히 한 것 같은데."

"…그래."

우리는 쓰러져있는 가론을 놔두고 건물을 나왔다. 하지만 여전히 불안했다. 레이첼이 기억을 지웠을 때 너무나 당연한 듯이 구는 것이 왠지 이런 일에 익숙해 보였다. 나는 레이첼이 혹시나 다른 상황에서도 이렇게 행동할까 하고 생각해 보았다. 그러지 않았으면 좋겠지만, 레이첼이라면 똑같이 행동할 것 같았다.

"레이첼."

문득 한 생각이 들어 레이첼을 불렀다. 내 부름에 레이첼이 뒤를 돌았다. 레이첼에게 한 가지 확인하고 싶은 것이 있었다.

"우리 친구 맞지?"

내 말에 레이첼이 피식 웃으며 답했다.

"왜, 불안해?"

마치 내 마음을 들여다본 것 같은 대답이었다. 그래. 불안했다. 레이첼을 보면 늘 드는 느낌이었다. 늘 똑같이 아무 감정도 비치지 않은 저 얼굴로 무슨 짓이든 아무렇지 않게 저질러 버릴까 봐. 나는 다시 한번 물었다.

"우리 친구지?"

레이첼이 이번에는 알겠다는 듯 다시 앞으로 돌며 말했다.

"동료지."

[레이첼]

COAD의 어느 지하. 그곳에서 나는 의자에 앉은 채로 네이브를 기다리고 있었다.

네이브는 내가 아주 어렸을 적에 만난 친구였다. 내가 어렸을 때에는 자유시간에 몰래 집을 나와 마을을 돌아다니곤 했다. 그때의 나는 지금과는 많이 달랐다. 또래에게 먼저 인사를 하기도 하고 넓은 꽃밭을 마음껏 뛰어다니고 가끔은 사고도 치는, 영락없는 장난꾸러기 여자아이였다. 물론 마을에서 멀리까지는 잘 가지 않았다. 괜히 마을에서 멀어졌다가 길을 잃을까 봐 무서웠기 때문이었다.

네이브를 처음 만난 날도 그랬다. 그날에도 몰래 나와서 마을 근처의 숲에서 놀고 있었다. 그런데 숲의 끝에 있는 돌로 된 담벼락에서 바스락거리는 소리가 났다. 뭐가 있나 궁금하여 그곳으로 가보니 내 또래의 고급스러운 옷을 입은 남자아이가 있었다.

"아휴. 괜히 다른 길로 나왔다가 이게 뭐야⋯ 여기가 어딘지도 모르겠네."

남자아이는 옅은 하늘색 머리카락에 앞머리는 살짝 헝클어져 있었고 살짝 호리호리한 체격이었다. 지금의 나였다면 그냥 지나쳤을 테지만 그때는 달랐다. 나는 그 아이를 놀래키려 앞으로 폴짝 뛰면서 말했다.

"안녕? 넌 누구야?"

"으악!"

남자아이는 깜짝 놀라며 소리를 질렀고 난 그런 아이의 모습을 보며 웃었다. 하지만 곧 아이는 정신을 차리고 나를 보더니, 화를 내듯 말했다.

"너야말로 누구냐! 나를 놀래키다니, 죽고 싶은 거냐?"

나는 그런 아이를 보며 고개를 갸웃거렸다. 어린 내 눈에는 무섭다기보다는 말투도 희한한 이 아이가 누구길래 이러는 건지 궁금하기만 했던 것이었다.

"나는 오로라라고 해. 많이 놀랐다면 미안. 난 장난치는 걸 좋아하거든. 근데 넌 누구야?"

내 물음에 아이는 머뭇거리다가 작은 소리로 말했다.

"네이브."

"응? 뭐라고?"

"네이브. 내 이름이다. 누구냐고 물었잖아. 이름을 물어본 거 아니냐?"

"맞아! 네이브? 좋은 이름이네. 근데 너 말투는 왜 그래?"

"뭘 말하는 거냐?"

"네 말투 말이야. 너 어디 살아? 이런 말투는 처음 들어봐."

내 말에 네이브는 아차 싶은 표정으로 얼굴을 살짝 찡그렸다. 계속 우물쭈물하는 것이 지루했던 나는 입을 열었다.

"뭐야. 말하기 싫으면 그냥 싫다고 해. 같이 있는 사람 지루하게 그러고 있지 말고."

"말하기 싫다."

냉큼 말하기 싫다고 하니 조금 얄미웠지만 이내 놀리는 듯한 말투로 네이브에게 말했다.

"그건 그렇고 너 여기 길 모르지? 내가 마을 소개시켜 줄까? 나 없으면 또 길 헤맬 텐데."

나를 보고도 무시하지 않는 바깥 친구는 네이브가 처음이었다. 처음이어서 그런지 더욱 기뻤고 같이 놀고 싶은 마음이 들었다. 네이브도 은근 반가운 눈치였다.

"좋다."

그 이후로 우리는 가장 친한 친구가 되었다. 네이브와 나는 매일 같은 시간에 만났다. 만난 후에는 마을을 돌아다니거나 숨바꼭질도 하고 가끔은 개울에서 물놀이를 하기도 했다. 그때는 네이브와 노는 시간이 마냥 좋았다. 길을 걷기만 해도, 시답잖은 대화를 해도 다 좋았다. 그건 아마 네이브도 마찬가지였을 것이다. 우리는 같이 있을 때 늘 웃고 있었고 서로가 뭘 원하는지 너무나도 잘 알고 있었다.

우리가 같이 지냈던 약 두 달 동안은, 내 인생에서 가장 행복했던 시간이었다. 아무 걱정도, 아무 문제도 없었던 시절. 하지만 불행은 늘 그럴 때 찾아오기 마련이었다. 그날도 평소와 별반 다르지 않은 날이었다. 나는 그날도 네이브를 만나고 집으로 돌아왔다. 창문을 넘어서 방으로 들어오자마자, 내 앞에 선생님이 소름 끼치는 미소를 지으시고는 말했다.

"어딜 다녀오는 거니 제나야?"

그날 이후로 나는 네이브를 만나지 못했다. 그로부터 정말 오랜 시간이 흐른 뒤, 밖에서 우연히 만난 나를 네이브가 알아보고 데려와 주었던 것이다.

네이브를 마주쳤을 때, 내가 처음 느낀 감정은 말 그대로 '당황'이었다. 그동안 그를 잊고 살았기 때문이기도 했고, 설마 여기서 마주칠 줄은 상상도 못 한 일이기 때문이었다. 하지만 나와 다르게 네이브는 내가 맞는 걸 확인하자마자 엄청나게 기뻐하더니, 갈 곳이 없다고 하자 그럼 COAD에 들어오라며 강력 추천을 하기도 했다. 그때 내 입장에서도 그건 좋은 기회였기에 승낙했던 것이 내가 COAD에 들어오게 된 계기였다.

나는 네이브를 다시 만나고 COAD에 들어가고 나서야 그가 마스터 C의 후계자인 것을 알게 되었다. 이게 무슨 말이냐 하면, 마스터 C가 죽으면 네이브가 마스터가 된다는 뜻이었다. 한마디로 반란군의 입장에서는 제거 대상 1순위라는 말이다.

하지만 나는 네이브를 죽이지 않았다. 벌써 죽이는 건 위험하기도 하고 지금 없애봤자 새로운 후계자를 만들어낼 게 뻔하기 때문이었다. 그리고, 그냥⋯ 죽이는 것이 내키지 않았다. '죽일까?'라고 생각할 때마다, '굳이?'라는 생각이 자꾸만 튀어나와서. 무시하려고 노력했지만 소용없었다. 마치 계속 들리는 목소리 같았다. 처음이었다. 누구를 죽이는 것이 꺼려지는 건.

사실 나는 네이브가 날 알아본 것 자체가 신기할 지경이었다. 왜냐하면 그때의 나와 지금의 나는 하늘과 땅만큼 다르기 때문이었다. 난 감정을 잃었고 성격도 180도 달라졌다. 실력도 비교도 안 될 정도로 성장했고 이름도 바뀌었는데 어떻게 나를 알아볼 수 있었을까. 언젠가 네이브가 나에게 말했었다. 외모를 제외하면, 전부 달라졌다고.

네이브는 여전히 나에게 친근하게 굴었지만 난 더 이상 예전처럼 아무하고나 친하게 지낼 수가 없었다. 언제라도 아무렇지 않게 사라질 수 있어야 했다. 어떠한 인연에 발목 잡히는 것은 용납할 수 없었다.

"레이첼."

네이브의 목소리에 망상에서 벗어나 현실로 돌아왔다. 이제 내 앞에는 어느새 어른으로 자란 하늘색 머리카락의 남자가 서 있었다.

"벌써 와 있었구나. 역시 빠르네."

네이브가 나를 보고 웃었다. 그에 나는 입꼬리를 살짝 올리고 고개를 까딱이는 것으로 받아주었다. 네이브는 내 옆 벤치에 털썩 주저앉으며 말했다.

"하늘이 맑으니까 밖에서 놀면 좋을 텐데…"

"굳이 사람들 눈에 띌 필요는 없는 것 같은데요."

"나한테 뭐라 할 사람도 없는데 뭐 어때."

네이브는 입을 내밀며 아쉽다는 표정을 지었다. 아무래도 나와 밖에서 단둘이 놀고 싶었던 모양인데. 어림없지.

"뭐라 할 사람이 없긴 왜 없어요. 마스터께 엄청 혼날걸요?"

"쳇 마스터 후계자면 놀지도 말라는 건가. 치사하게."

나는 잠시 네이브를 바라보았다. 하늘색 앞머리가 숨을 쉴 때마다 들썩거렸다. 평소 잘생긴 얼굴에 비해 가끔 철이 없는 모습을 보이지만 전투력으로는 꽤나 실력자라는 것은 부정할 수 없었다. 만약 나중에 적으로 마주하게 된다면 까다로운 상대가 될 것이 틀림없었다. 하지만 이런 생각을 내색하지 않은 체 화제를 돌렸다.

　　"네이브 님은 밖에서는 그렇게 다 잘하시면서 왜 저랑 있을 때는 이렇게 어리광을 부리세요? 이제 어른이에요. 아이가 아니라고요."

　　네이브는 조금 생각하는 듯하더니 투덜거리며 말했다.

　　"밖에서 편하게 하면 마스터 C가 뭐라 그런단 말이야. 마스터가 될 놈이 뭐하는 짓이냐고. 훈련하고 좀 놀려고 하면 귀신같이 알아채고는 다른 훈련을 시키든 공부를 시키든 쉬지도 못하게 하고. 이럴 바에는 마스터가 되기도 싫단 말이지."

　　"그건 네이브 님이 뭘 모르시고 하시는 말이에요. COAD 출신이 아닌 사람들은 얼마나 힘들게 사는지 아세요? 네이브 님은 정말 운이 좋으신 거라고요."

　　이건 진짜로 내 진심이었다. 이곳에서는 COAD 근처가 아닌 먼 지역으로 가면 아주 힘들게 사는 경우가 종종 있었다. 한마디로 빈민가였다. 그곳에 가보면 당장 쓰러질 것 같은 작은 집들이 다닥다닥 붙어 있고 마을 초입이 아닌 곳은 길도 매우 좁았다. 길거리에는 잔뜩 말라서 거의 뼈만 남은 사람들이 간신히 벽에 기대어 앉아 있고 눈을 감고 있는 사람들은 대개 죽은 사람들이었다. 아주 많은 곳이 그런 것은 아니지만 중요한 것은, 그런 곳들이 분명 존재한다는 것이었다.

이 외에도 이곳의 문제를 늘어놓으면 끝도 없었다. 다른 차원에서 넘어온 적지 않은 수의 이 종족들 간의 충돌도 COAD에서는 모른 척하고 있었다. 그리고 그리 어렵지 않게 사는 일반인들조차도 세금 등의 문제로 불만이 많았다. 그치만 반란은 절대로 일어나지 않는다. 정확히는, 일어나도 알려지지 않는 것이다. 정부가 무슨 방법을 써서라도 해당 지역의 일이 외부에 알려지는 것을 막으니까. 그게 암살이든 협박이든 전혀 신경 쓰지 않았다. 정부 입장에서는 목표만 달성하면 그만이었다.

"…레이첼."

네이브의 부름에 문득 정신이 들었다. 나는 부드럽게 네이브를 바라보며 차분한 목소리로 대답했다.

"네. 네이브 님."

"넌 왜 나한테 계속 말을 높여? 동갑이잖아."

그야 친밀감을 쌓지 않기 위한 한 방법이랄까. 하지만 당연히 그렇게 대답하지는 않았다. 다른 변명이 있으니까.

"네이브 님은 저보다 계급이 높으시니까요. 당연한 거죠."

내 말에 네이브는 잠시 입을 다물었다. 전에도 같은 질문을 여러 번 했었지만 난 항상 똑같이 대답했다. 이번에도 더 이상 별말이 없을 거라고 생각했다. 그러나 네이브는 나를 똑바로 쳐다보며 진지하게 물었다.

"계급 말고 친구 관계로 해도 계속 그럴 거야?"

순간 말문이 막혔다. 친구. 우리가 아직도 친구가 맞을까? 나는 아니라고 생각하지만 네이브는 우리가 여전히 친구라고 생각하는 모양이었다. 그렇다면 환상을 깨지 않는 편이 나았다.

"친구보다는 계급이 먼저 아닌가요."

내가 부드럽게 말하자 네이브는 고개를 숙였다. 네이브도 말싸움으로는 날 이기지 못한다는 것을 잘 알고 있었다.

"…아쉽다…"

네이브가 작은 소리로 나지막이 말했다. 나는 놀라 눈동자를 움직여 네이브를 바라보며 되물었다.

"뭐가요?"

네이브가 슬퍼 보이는 표정으로 말했다.

"네가 변하지 않았다면 좋았을 텐데."

순간 마음 한편이 아려왔다. 단 한마디 말뿐인데도. 그 안에 담겨 있는 너무나 많은 감정들이 느껴졌다. 나도 같은 마음이었다. 변하지 않았다면, 그 일이 일어나지 않았더라면, 그렇게 행동하지 않았더라면. 과거에 대한 수많은 후회들이 물밀듯 떠올랐다. 하지만 아무리 되짚어봤자 후회는 후회에 불과했다. 그것들은 이미 지나가 버린 과거이고, 바꿀 수 없다는 것도 잘 알고 있었다.

거기까지 생각이 미치자 괜히 울컥한 마음이 들었지만, 지그시 아랫입술을 깨물며 요동치는 마음을 꾹 눌렀다. 나의 버릇이었다. 불필요한 감정이 올라오면 아랫입술을 깨물며 함께 눌러버리는 것.

솔직히 말하자면 나도 그런 생각은 수십 수백 번도 넘게 해봤다.

이러면 어땠을까, 저러면 어땠을까. 그렇게 몇 번이고 반복하다가 결국엔 내가 지쳐버렸다. 그 후론 거의 생각하지 않고 살았다. 가끔씩 다시 고개를 들어도 의식적으로 눌러버렸다. 시간은 절대로 되돌아오지 않으므로. 이따위 가정을 수만 번 반복해도 현실은 결코 바뀌지 않으므로.

그런 생각을 하고 있는데, 갑자기 어깨에서 따뜻한 체온이 느껴졌다. 그것에 놀란 나는 입술을 깨물던 걸 멈추고 작게 입을 벌렸다. 아랫입술에서 얼얼한 통증이 느껴졌다.

"있잖아, 레이첼."

네이브가 내 한쪽 어깨에 손을 올린 채로 나지막이 말했다.

"레이첼 말고, '오로라'라고 부르면 안 돼?"

그때처럼. 차마 말로 나오지 못한 한마디가 내 마음속에 상흔을 남기고 스쳐 갔다.

[이로]

"레이첼."

내가 불러도 레이첼은 대답을 하지 않았다. 아까부터 무언가를 생각하고 있던 눈치였다.

"레이첼!"

내가 거의 소리 지르듯 부르자 레이첼이 깜짝 놀라며 답했다.

"어."

"뭘 그렇게 생각하는 거야?"

레이첼은 여전히 무표정으로 입을 열지 않았다. 난 하는 수 없이 레이첼이 스스로 입을 열 때까지 기다리기로 결정했다. 저렇게까지 하는 거라면 무언가 생각하고 있는 것이 분명했다.

한참 뒤, 드디어 레이첼이 입을 열었다.

"너 COAD에서 보낸 연회 초대장 받았어?"

뭐지? 한참 동안 고민한 게 그거였나.

"응. 들었어. 고위 간부들 일부만 참석한다고 써 있더라. FSC도 온다고 하더라고. 그 사람들이 올 줄은 몰랐는데."

"그거 날짜 봤어?"

날짜는 물론 기억하고 있었다. 초대장을 받으면 가장 중요한 것들 중 하나니까.

"당연히 봤지. 다음 주 월요일이잖아."

레이첼은 잠시 생각하는 듯하더니 이내 입을 열었다.

"이상하다는 거 못 느껴?"

이상한 거라면 있긴 있었다. 다음 주 월요일은 레이첼이 출장을 가는 날인데 하필 그날 연회를 연다는 것이었다.

"너 출장 가는 날이라는 거?"

"그래. 알긴 아네."

"근데 너도 초대받았어? 그럼 출장은 안 가는 거야? 연회는 저녁에 열리니까 끝나고 가기도 좀 그럴 텐데?"

"출장을 하루 미루래. 연회하고 다음날 오후에 가라는데."

그렇다면 뭔가 이상하긴 했다. 만약 연회 일이랑 출장 일이랑 겹치면 연회를 안 가는 게 보통이었다. 출장 일을 미루면서까지 참석하라고 하는 건 무언가 꿍꿍이가 있는 게 분명했다.

"뭐… 이상하긴 하지만 무슨 꿍꿍이가 있는지는 잘 모르겠는데. 짐작 가는 거라도 있어?"

내 말에 레이첼은 여전히 무표정한 얼굴로 말했다.

"어쩌면 우리의 정체가 발각됐을지도 모른다는 생각이 드네."

순간 싸한 느낌을 피할 수 없었다. 하지만 동시에 짜릿한 희열도 느꼈다. 재미있겠다고 생각될 때마다 느껴지는 감각이었다. 위기라는 생각보다는 재미있다는 생각이 더 크게 느껴졌다. 나는 큭큭 새어 나오는 웃음을 참으며 말했다.

"이거 이거, 꽤 재미있어지겠는데?"

그때, 한 가지 생각이 뇌리를 스치고 지나갔다. 오늘 레이첼을 만나기 전에 물어보려고 생각해 놓았던 것이었다. 나는 웃음기를 거두고 레이첼에게 물었다.

"그나저나 레이첼. 네이브랑은 좀 어때?"

내 말에 레이첼은 조금 놀란 기색이었다. 레이첼은 얼굴을 살짝 찡그리며 내게 물었다.

"네가 그걸 어떻게 알지?"

나는 다시 평소의 장난기를 담은 웃음을 띠고 농담하는 투로 가볍게 말했다.

"내 정보력이 COAD에 뒤처지지 않는다는 거 잊은 거야?"

나의 농담에도 레이첼은 여전히 나를 못마땅한 듯 쳐다보았다. 하지만 이내 다시 무표정으로 돌아와 입을 열었다.

"네이브랑은 뭐 없어. 걔가 날 친구로 생각하긴 하지만 난 아니라고."

친구 이상이겠지, 이 둔한 친구야.

"그래? 그럼 다행이네."

나는 그냥 평소처럼 웃어주었다. 어차피 레이첼이 네이브를 어떻게 생각하는지만 중요했다. 레이첼에게 네이브가 아무것도 아니라면 문제는 없었다.

그때였다. 닫아놓은 창문 쪽에서 작은 구슬 같은 것이 날아왔다.

"메시지 비드네."

메시지 비드란 일종의 메일 같은 것이었다. 자신이 전하고 싶은 메시지를 구슬 형태로 마력에 담아 보내면 상대에게 전달되는 방식이다. 마력 감지기로 쉽게 들킬 수도 있긴 하지만 '하이드'라는 기술을 잘 활용하면 들키지 않고도 전달할 수도 있었다.

메시지 비드는 창문을 관통하여 레이첼에게로 향했다.

"누구야?"

내가 레이첼에게 물었다. 레이첼은 내용을 확인하고는 짐짓 놀란 표정이었다.

"…네이브."

네이브? 그자가 레이첼에게 할 말이 있나?

"뭐래?"

"…만나자는데."

"언제?"

레이첼은 잠시 곁눈질로 나를 바라보고는 입을 열었다.

"지금."

그렇게 나는 다시 COAD로 돌아왔다. 지하의 긴 복도를 천천히 걷고 있었다. 평소라면 좀 더 빨리 걸었겠지만, 지금은 그러지 않았다. 불길한 예감이 온몸에 위험 신호를 보내고 있었다. 당장이라도 되돌아가고 싶었다. 왜 이러는지는 잘 모르겠지만, 본능이었다. 위험을 직감적으로 알아채는 본능.

네이브를 만날 때에 늘 가는 방에 점점 가까워져 마침내 문 앞에 섰다. 나는 천천히 심호흡을 하고는 문을 열었다.

방 안에는 네이브가 먼저 와 있었다. 내 발걸음 소리를 들었는지 의자에 앉지 않고 서 있었다. 네이브는 옆구리에 칼을 차고 있었다. 다른 날에도 늘 가지고 있던 칼이었다. 나는 네이브를 바라보자마자 웃었다. 그의 앞에서는 늘 짓는 그 부드러운 웃음을.

"웬일이에요? 이렇게 급하게 부르시고. 무슨 일 있어요?"

그 순간, 칼이 내 목으로 날아왔다. 솔직히 충분히 피할 수 있을 정도의 스피드였다. 하지만 난 피하지 않았다. 나에게 날아오는 칼에는 살기가 전혀 느껴지지 않았기 때문이었다. 내 예상대로 칼은 내 목을 베기 직전에 멈추었다.

내가 뭐라 말하려던 찰나, 네이브가 먼저 입을 열었다.

"마스터에게 들었다 이 반역자 자식."

여전히 내 목에는 칼이 겨누어져 있었다. 하지만 짐짓 날카로운 말과는 다르게 칼에서는 여전히 살기가 느껴지지 않았다. 오히려 불안감에 더 가까웠다.

나는 여전히 웃는 얼굴로 말했다. 목에 칼이 들어왔는데도 웃고 있는 나의 모습은 마치 미친 사람 같았을 것이다.

"마스터가 그러던가요? 제가 반역자라고?"

"시끄러워!"

내 말에 네이브가 목소리를 높였다. 아직 감정선이 불안정한 상태였다. 그 틈으로 파고들기에는 딱 좋았다.

나는 계속 웃는 얼굴로 아무 말도 하지 않았다. 네이브는 꽤나 혼란스러운 모양이었다. 나름대로 티를 내지 않으려고 노력하는 것 같았지만 내 앞에선 어림도 없었다.

네이브는 여전히 혼란스러운 모습으로 내게 물었다.

"왜 칼을 뽑지 않는 거지?"

그 말에 나는 피식 웃었다. 역시 아직 어린애야. 적을 앞에 두고도 베지 못하다니.

"상관 앞에서 칼을 뽑는 건 예의가 아니니까요."

"내가 아직 네 상관이긴 한가 보지?"

"물론이죠."

그리고 나는 네이브를 똑바로 바라보며 말을 이었다.

"아직은."

그러곤 살짝 비꼬는 듯한 말투로 덧붙였다.

"상관이니까 말을 높이고 있는 것 아니겠어요?"

"닥쳐!"

네이브는 화난 목소리로 소리쳤다. 그 감정을 대변하기라도 하듯 칼은 한층 더 내 목에 가까워졌다. 하지만 여전히 닿지는 않았다. 칼에 살기가 담겼다가도 금방 빠져버렸다.

겉으로는 약을 올리는 것처럼 보였을지 몰라도 나는 떠보고 있는 것이었다. 역시나, 여러 가지를 알아챌 수 있었다. 네이브는 혼자였다. COAD에서 보낸 것도, 함정도 아니라는 뜻이다. 한마디로 단독행동이었다. FSC들이 알면 아주 환장할 일이었다. 또한 네이브에게는 나에 대한 살기가 느껴지지 않았다. 칼에 살기가 담겼다가도 금방 빠지는 걸 보면 내가 반란군이라는 것을 믿고 싶지 않아 보였다. 아마도 네이브의 목적은 나를 죽이는 것이 아닌 내가 진짜 반란군인지 확인하고 싶은 것 같았다.

그렇다면 확인시켜주지. 난 반란군이라고.

네이브는 잠시 머뭇대더니 한껏 누그러진 목소리로 내게 물었다.

"너 진짜 반역자야?"

그 말에 나는 이렇게 답했다.

"왜, 아니었으면 좋겠어요? 그렇다면 안됐네요. 전 반란군이 맞는데."

네이브는 뭐라 말을 하려다 입술을 살짝 깨물었다. 내가 한 말에 화가 나는 건지 약이 오른 건지는 모르겠지만, 이제 내가 물을 차례였다.

"네이브 님은 왜 FSC의 허락도 안 받고 절 만나러 오셨나요?"

네이브는 내 말에 조금 놀란 표정이었다. 마치 그걸 네가 어떻게 아냐는 표정이었다. 나는 네이브를 좀 더 자극하기로 마음먹었다. 그다지 내키진 않지만, 사람은 당황하거나 약이 오르면 어떤 식으로든 정보를 흘리기 마련이었기 때문이다.

"제가 이딴 것도 모를 줄 알았어요? 어리석네요. 절 만나려고 결정하셨으면 이 정도는 예상하셨어야죠?"

순간 내 목 옆에 있던 칼이 다시 휘둘러져 내 목을 베려 했다. 아까보다는 조금 더 빠른 속도였다. 나는 재빨리 뒤로 물러나 피했지만, 목 끝부분을 살짝 베이고 말았다.

나는 곧바로 네이브를 노려보았지만 네이브는 나를 베자마자 방 밖으로 뛰쳐나가 버렸다. 잠시 쫓아갈까 생각했지만, 이곳은 COAD의 안이었다. 굳이 소동을 일으킬 필요는 없었다.

네이브가 나간 뒤 목에 손을 대보았다. 다행히 상처는 얕았지만 살짝 피가 배어 나왔다. 작은 상처라서 딱히 처치할 것은 없겠다고 판단한 나는 손으로 피만 조금 닦은 후 방을 나섰다.

레이첼이 나간 뒤 1~2시간쯤 지났을까. 레이첼이 문을 두드렸다.

"왔어? 생각보다 빨리 왔네. 좀 걸릴 줄 알았는데."

반갑게 맞이하는 내 말에 레이첼은 고개를 조금 끄덕였다. 그런데 내 눈에 띄는 것이 하나 있었다. 바로 레이첼의 목에 난 작은 상처였다. 아까는 분명 없었던 상처였다. 나는 별로 좋지 않은 생각이 들어 레이첼에게 조심스럽게 물었다.

"그 상처는 뭐야? 혹시 또…"

그에 레이첼은 손을 내저으며 말했다.

"이번엔 그거 아냐."

레이첼의 대답에 조금 안심이 되었다. 하지만 여전히 레이첼이 걱정스러웠다. 네이브를 만나고 온 레이첼의 표정이 평소랑 미묘하게 달랐기 때문이었다. 비록 거기에 서린 감정이 무엇인지는 잘 모르겠지만. 나는 레이첼이 자리에 앉기를 기다렸다가 입을 열었다.

"그자가 뭐래? 이 시간에 왜 부른 거야?"

레이첼은 잠깐 뜸을 들이더니 입을 열었다.

"우리가 반란군이라는 게 들킨 건 확실한 것 같아. 네이브는 날 떠보려고 온 거였어."

레이첼의 말을 듣고 놀람과 동시에 의아한 생각이 들었다. FSC는 왜 네이브한테 레이첼을 떠보라고 맡겼지? 둘이 친한 걸 모르진 않을 텐데.

난 문득 상처에 대해 물어보려 했지만 그걸 알아챈 레이첼이 먼저 말했다.

"내가 반란군이라고 확인시켜준 다음 조금 약 올렸더니 화가 났는지 살짝 베더라. 뭐, 피했으니 됐어."

그 말에 나는 깜짝 놀라 말했다.

"그자가 널 베려 했다고?"

내 반응에 레이첼도 조금 떨떠름한 표정으로 답해주었다.

"...응."

이상하다? 그자가 레이첼을 벨 리 없을 텐데…?

나는 매우 의아하게 생각했다. 내가 알기로는 그자는 레이첼에게 호감이 있는 걸로 알고 있는데 도와주지 못할망정 죽이려 들진 않을 것 같았다. 게다가 그런 걸 연기할 만한 사람도 아니었다.

"...그자가 널 죽이려 한 거야?"

"아니. 칼에서 살기가 느껴지진 않았어. 그리고 그렇게 빠르지도 않았고."

죽이려 든 건 아니라고? 뭐… 레이첼이 자극을 했다고 하니 홧김에 그런 건가?

내가 입을 떼려던 찰나, 내 생각을 읽은 듯 또다시 레이첼이 먼저 말했다.

"내 생각엔 홧김에 그런 것 같은데. 걔가 좀 참을성이 없기도 하니까."

"그렇게 단순하게 생각할 건가."

"뭐 어때. 앞으로는 중요하지 않게 될 텐데."

난 레이첼의 대답이 마음에 들진 않았지만 결국 수긍했다. 어차피 앞으로 이런 것들은 중요하지 않게 될 거라는 건 맞았다. 이제 곧 떠날 거니까.

"...그래서, 이제 어쩔 거야?"

중요한 문제는 거의 다 끝나자 내가 레이첼에게 물었다.

"기다려야지. 그놈들이나 우리나, 기다리는 건 똑같으니까."

"…그래. 그렇지."

레이첼의 말에 나 또한 피식 웃으며 답했다. 그래. 그놈들이나 우리나, 기다리는 건 똑같지. 서로 다른 생각으로 같은 것을 기다리고 있으니.

[네이브]

COAD에서 집까지 어떻게 왔는지조차 기억나지 않았다. 아마도 방을 나와서 계속 달리다 포탈을 써서 집으로 왔을 것이다.

집에서 의자에 앉자마자 거친 숨을 골랐다. 하지만 오히려 생각하는 데 방해가 되었다. 조금 시간이 지난 후에야 제대로 생각을 할 수 있게 되었다.

칼을 휘두른 그 순간에는, 머릿속이 멍해졌다. 화가 나서 그랬든 어쨌든 큰일 났다는 생각이 들었다. 그리고 레이첼이 피해서 다행이라는 이상한 안도감. 그 뒤엔 두려움. 칼을 휘두른 후에 레이첼이 어떻게 반응할지 전혀 예상되지 않았다. 또한 그 후에 레이첼에게 뭐라고 해야 하는지도 떠오르지 않았다. 혼란스러운 찰나, 레이첼이 나를 노려보았다. 그 눈빛을 보자마자 거의 반사적으로 몸이 움직였다. 그리고 그대로 집까지 계속 달렸다.

머리가 아팠다. 내가 그렇게 행동해버렸으니 다음에 레이첼이 어떻게 나올지 전혀 떠오르지 않았다. 차라리 '만나지 말자.' 싶어도 어차피 회의와 다음 주 월요일 연회 때에는 만날 수밖에 없었다.

이것저것 생각을 하다 보니 점점 의문이 들기 시작했다. 레이첼은 대체 왜 반역자가 된 거지? 모자란 것도 없고 일도 잘하는 것 같았는데. 물론 사람과 잘 어울리지 못하기는 했지만 그건 그다지 이상한 일은 아니었다. 나한테도 먼저 다가오지 않았으니까.

"이유를 알면 이해하기라도 하지…"

나는 답답한 나머지 자리를 박차고 일어났다. 그때 밖에서 한 하인이 노크하며 내게 말했다.

"저… 네이브 님. 편지가 하나 왔는데요."

"문 앞에 놔. 이따 볼게."

하지만 내 말에도 하인은 문 앞을 떠나지 않았다. 나는 슬슬 짜증이 올라와 퉁명스러운 말투로 말했다.

"왜 안가?"

"그, 그게… 보낸 사람에 C라고 적혀 있어서요…"

C? 마스터가 나한테 편지를 보냈다고?

나는 바로 문을 열고 나가 손을 내밀었다.

"줘봐."

하인은 문의 벌컥 열리자 깜짝 놀라긴 했지만, 곧바로 고개를 숙이고 조심스럽게 편지를 내밀었다. 나는 편지를 손에 들고 다시 방으로 돌아가 문을 닫았다. 마스터가 보낸 편지는 특별한 상황이 아닌 한 혼자 봐야 했다.

편지에는 컴퓨터 글씨로 딱 네 마디가 적혀 있었다.

'당장 COAD A-349방으로 와라.'

그뿐이었다. 이유도 쓰여 있지 않았다. 하지만 난 이미 이런 형식에 익숙했다. 내가 마스터 C의 후계자였기 때문이다. 정확히는, C가 나의 마스터이기 때문이었다. 마스터 C의 편지는 늘 이런 식이었다. 요건만 쓰여 있고 이유도 없는 명령 같은 편지.

나는 잡생각은 떨치고 곧바로 편지를 불에 태운 뒤 집을 나섰다. COAD까지는 포탈을 쓰면 금방이었다.

첫 기지

[**이로**]

   지난번에 레이첼을 만난 이후로 이틀이 지난 토요일이었다. 오늘은 아주 중요한 날이었다. 바로 레이첼이 맡은 반란군의 기지를 처음으로 보러 가는 날이었기 때문이다. 전에 기지는 어떻게 구할 건지에 대해 얘기한 적이 있었는데 그때 레이첼이 구하기로 정했었다. 그리고 오늘, 드디어 완성되었다고 레이첼에게 연락이 왔다.

   약속 장소에 가니 레이첼이 먼저 와 있었다.

   "레이첼~."

   내 부름에 먼 산을 바라보고 있던 레이첼이 나를 쳐다보았다.

   "왔네."

   "그럼~ 시간 늦지 않고 왔지~."

나는 인사를 한 뒤 주위를 둘러보며 말했다.

"그나저나 기지는 어디에 있어? 여기 오면서 아무것도 못 봤는데."

사실 이 약속 장소는 외진 곳에 있는 깊은 숲속이었다. 레이첼이 좌표를 알려줘서 망정이지, 하마터면 길을 잃을 뻔했다.

내 말에 레이첼은 당연하다는 표정을 지었다.

"당연히 여기 없지, 따라와."

그렇게 나는 의문을 품을 채 레이첼을 따라갔다. 하지만 레이첼은 그리 멀리 가지 않아 걸음을 멈췄다. 그러나 여전히 똑같은 숲 배경만 펼쳐질 뿐 건물이랄 것을 보이지 않았다.

"여기?"

"응."

그 말에 난 당황스러워하며 주변을 둘러보았다. 하지만 아무리 둘러보아도 똑같은 풍경이었다. 외진 곳에 있는 무성한 숲.

"어딘데?"

레이첼은 대답 대신 한 손가락으로 작은 원을 그리듯 움직였다. 그러자 레이첼 앞에 사람이 들어갈 수 있을 정도의 타원형 공간이 일렁거렸다.

"포탈?"

나는 그제야 이해가 되었다. 포탈을 사용하면 다른 공간으로도 순식간에 갈 수 있었다. 하지만 이내 다시 의문이 들어 레이첼에게 물었다.

"근데 왜 굳이 여기서 타? 딴 데서 타도 똑같잖아."

"최대한 눈에 안 띄는 게 좋을 거라고 생각했을 뿐이야."

레이첼의 말에 나는 피식 웃었다. 역시 철두철미한 것이 레이첼답다는 생각이 들었기 때문이다.

"그럼 가자."

포탈을 지나는 잠깐 동안 내 몸도 포탈과 함께 일렁이는 느낌이 들었다. 곧, 포탈을 통과하자 숲과 초원의 중간지점이 나왔다. 하지만 내 눈을 사로잡은 것은 따로 있었다. 바로 포탈을 타자마자 눈앞에 있는 커다란 건물이었다. 위에서 보면 십자가 모양에 교차하는 곳에 돔이 있는 모양이었다. 외관상 가장 특이한 점은 돔의 외벽이 유리는 아닌 듯 불투명하다는 것이었다.

"우와~! 내 생각보다 훨씬 고퀄인데?"

"오랜만에 힘 좀 썼지. 따라와, 보여줄 테니까."

레이첼이 먼저 걸음을 옮겼다. 레이첼이 입구를 통과하고 나도 따라 들어가려는 순간, 귀를 찢을 듯한 경보음이 울렸다.

삐―― 삐―― 삐――

깜짝 놀란 나는 재빠르게 발을 뺐지만, 경보음은 멈추지 않고 계속해서 울려댔다. 소리가 너무 커서 귀를 막고 이것 좀 어떻게 해보라는 눈빛으로 레이첼을 바라보자 재미있다는 듯 옅은 미소를 짓고 있는 모습이 보였다.

그 모습에 나도 피식 웃었다. 당했다. 레이첼이 장난을 친 거다. 경보음의 존재를 알면서도 알려주지 않고 내가 놀라는 표정을 즐기고 있는 거다.

나는 저 시끄러운 경보음을 뚫고 내 목소리를 전달하려고 큰 목소리로 소리치듯 말했다.

"레이첼! 장난 그만 치고 이것 좀 꺼줘. 귀 터지겠어."

그 말에 레이첼도 즐길 건 다 즐겼는지 오른손을 딱 소리가 나게 튕겼다. 그러자 곧바로 경보음이 멈추었다. 그제야 나는 조심스레 귀에서 손을 뗐다.

"뭐야 이건?"

"지금까지의 너의 업보랄까?"

그렇게 나오면 난 딱히 대꾸할 말이 없었다. 지금까지 내가 레이첼에게 한 장난들에 비하면 이건 새 발의 피 정도밖에는 되지 않았다. 그런 거였군. 소소한 복수 정도 되는 장난.

"멍 때리지 말고 빨리 들어와. 지금부터가 진짜니까."

지금부터? 뭐가 진짜라는 걸까? 첫 기지 구경일까, 아니면 소소한 복수들이 더 있는 걸까?

레이첼을 따라 건물로 들어서며 나도 모르게 주위를 살폈다. 아까는 방심했지만, 이제는 아무리 소소하다 해도 절대 그냥 당해줄 생각은 없었다. 그건 내 자존심이 허락하지 않기 때문이다.

기지의 내부는 생각보다 심플했다. 눈에 들어오는 건 긴 복도를 중심으로 양쪽에 늘어서 있는 문들이 전부였다. 바닥은 평범한 회색 빛깔이었지만 벽지 색은 좀 의외였다. 벽지가 밝은 청록색이었기 때문이다. 내가 벽지에 대해 묻자 레이첼은 이렇게 답했다.

"처음엔 벽도 회색으로 하려고 했는데 해보니까 별로여서 바꿨어. 그래도 이 정도면 무난하지. 안 그래?"

글쎄, 잘 모르겠다. 아, 물론 내 말을 오해하지 않길 바란다. 별로라는 게 아니다. 그저 내가 보는 눈이 없어서 잘 모르겠다는 뜻일 뿐이다. 이상해 보이지만 않으면 된다는 게 나의 인테리어에 대한 생각이다. 어쨌든, 이상해 보이지 않으니 내 선에선 합격이다.

벽을 따라 달려 있는 문의 내부는 어떠냐고 묻자, 레이첼은 말로 하기보다는 옆에 있던 한 문을 열어젖혔다. 그 안에는 흰 벽지에 긴 책상 하나와 책장, 그리고 의자가 덩그러니 놓여 있었다.

"다 이런 건 아냐. 사무실 같은 곳도 있고 무기고, 서류 보관실 등 방 종류는 다양해. 그중에서 여기는 개인 사무실 느낌이지."

기대를 안 한 건 아니지만 내 생각보다 훨씬 퀄리티가 좋다. 이 정도면 기지 걱정은 덜어도 될 것 같았다.

"나 무기고 좀 가보고 싶은데, 그건 어디 있어?"

레이첼은 나를 보곤 그럴 줄 알았다는 표정을 짓고선 무기고로 안내해 주었다. 건물을 위에서 봤을 때 무기고는 십자 모양에서 왼쪽 복도에 있었다.

"여기야. 아직 무기는 주문하지 않아서 내가 가진 무기들만 여기로 옮겨 놨어. 그래서 양이 많진 않아."

레이첼의 말과는 반대되게 무기고는 온갖 무기들이 가득했다. 그중에서도 내 눈길을 사로잡은 것은 바로 한쪽 벽에 고정되어있는 휴대용 대포였다.

"우와~ 이거 새로 나온 AT-11이잖아? 있으면 말 좀 하지. 갖고 싶었던 건데…"

"맘에 들면 네가 써. 어차피 휴대용 대포 쓰는 건 너밖에 없잖아. 나도 사용법만 알지 잘 안 쓰니까 상관없어."

레이첼의 말에 나는 신이 나서 대포를 들어보았다. 역시 새거라서 그런지 느낌이 달랐다. 기분 탓일지도 모르겠지만 더 가벼운 느낌이었다. 하지만 신이 난 내가 사고 칠까 봐 불안한지 레이첼이 서둘러 말렸다.

"지금 당장 쓰란 말 아니야. 연습해본답시고 새 기지 터트리지 말고 내려놔."

나는 일부러 과장되게 시무룩한 표정을 지었지만 그런다고 봐줄 레이첼이 아니었다. 무기고를 나서며 아쉽다는 감정도 들었지만, 속으로는 레이첼이 안 볼 때 연습해봐야겠다고 생각했다.

"아쉬워하지는 마. 이제 볼 건 네 방이니까."

"내 방? 기지에 개인 방이 왜 있어?"

"그럼 어디서 잘 건데? 이제 COAD에 몸담고 있을 날도 얼마 안 남았잖아. 설마 계속 집에 있을 생각은 아니겠지?"

할 말이 없었다. 사실 나는 반란을 일으킨다는 것만 생각했지, 구체적으로 어떻게 할지는 다 레이첼이 도맡아 하고 있었고 나는 아무런 계획도 세우지 않았다. 그러므로 당연히 내가 어디서 지낼지도 생각해 본 적 없었다. 내가 아무 말도 못 하자, 레이첼은 가볍게 한숨을 쉬었다.

"뭐, 네가 계획을 세운다는 것 자체가 이상하긴 하지."

나는 아무 말도 하지 않고 그저 웃기만 했다. 사실이기도 하고 반박할 말이 없기 때문이기도 했다. 그 상태로 조금 걷다 보니 금세 개인 방, 아니 일명 침실에 도착했다.

침실은 건물의 십자가 모양에서 아래쪽에 위치해 있었다. 침실은 레이첼, 가론 형, 그리고 나까지 총 세 개였다. 그 방의 문들은 특이하게도 다른 문들과 같은 흰색이 아니었다. 내 방문은 옅은 주황색, 가론 형은 은색, 레이첼은 짙은 회색이었다.

"여기야."

문은 열 때 그 흔한 입브금이 있으면 좋겠다고 생각했지만 레이첼이 절대 할 리 없다는 사실을 떠올리곤 내가 입브금을 넣었다.

"뚜루루룻 뚜~ 뚜루루루~."

언젠가 TV에서 들은 적 있는 멜로디를 흥얼거렸지만 레이첼의 얼굴을 찌푸리게 만들 뿐이었다. 허나 난 그런 것엔 신경 쓰지 않고 방을 구경하기 바빴다.

"우왕~."

방에 들어오자마자 눈에 띄는 것은 주황톤으로 통일된 인테리어 컬러였다. 전체적으로 귀엽고 아기자기한 느낌이었는데 특히 벽지는 귀엽고 작은 사자 캐릭터가 중간중간 그려져 있어서 마음에 쏙 들었다. 곳곳에는 푹신한 쿠션들이 놓여 있었고 그 외에도 단색의 짙은 주황색 이불이나 나름 예쁜 문양의 스탠드 조명도 좋았다. 나는 이런 꾸미기나 예쁜 것들에는 거의 관심이 없는데도 감탄사가 끊이질 않을 만큼 마음에 들었다.

방을 구경하고 있던 찰나, 문득 레이첼의 표정이 눈에 띄었다. 레이첼은 방이 무척 마음에 들어 하는 나를 보며 잔잔한 미소를 짓고 있었다. 그제서야 이 방을 만들고 꾸며준 게 레이첼이라는 것이 생각났다. 레이첼은 나와 다르게 이런 쪽에도 일가견이 있고 직접 설계했으니 설명하고 싶은 것이 많을 텐데도 전혀 내색하지 않고 있었다. 분명 자랑하고 싶을 테지만 성격 탓에 참고 있는 것이리라. 그렇다면 내가 멍석쯤은 깔아줄 수 있었다.

"자~ 건축가님? 이 방에 대해서 설명 좀 부탁드리겠습니다."

내가 제일 잘하는 것 중 하나였다. 바로 사람들을 즐겁게 해주는 것! 이럴 때는 등 떠밀어주는 것이 최고였다. 물론 이쪽을 잘 몰라서 건축가라는 표현이 맞는지는 잘 모르겠지만 그건 중요한 게 아니었다. 레이첼도 몇 번 손을 내저었지만 내가 계속 말을 해대니 어쩔 수 없다는 듯 설명을 시작했다.

"일단 전체적인 메인 컬러는 주황색으로 잡았어. 너의 퍼스널 컬러니까 당연한 거지. 벽지는 주황색, 흰색 줄무늬에다가 캐릭터 몇 개 넣은 거고. 그러고 나니까 벽지가 귀엽긴 해도 좀 복잡해 보여서 나머지는 좀 단순한 디자인으로 해야겠더라고. 안 그러면 너무 난잡해지니까. 그 외의 소소한 디테일은…"

딱 여기까지는 집중하고 들었다. 하지만 내 관심사는 전혀 아닌지라 백 퍼센트 이해하기는 무리였다. 나중에는 최대한 정신줄 붙잡고 "음~." "오옹~." 등의 적당한 리액션을 하는 게 전부였지만 뭐 어떤가? 중요한 것은 레이첼이 만족했다는 것이다. 레이첼이 만족했으니 이 작은 계획은 성공한 셈이다.

"이제 딴 방도 구경하러 가자. 어떤 거 있어?"

"하이라이트 하나랑 자잘한 거 몇 개 남았지. 일단 하이라이트 먼저 가자, 너도 좋아할 거야."

하이라이트라는 말에 잔뜩 기대를 품고 걸음을 옮겼다. 그렇게 도착한 곳은 건물에 중심에 있는 둥그런 돔이었다. 필요 이상으로 커 보이는 크기에 잠시 고개를 갸우뚱하기도 했지만 내부를 보고 나니 그런 생각은 저 멀리 날아갔다. 그곳은 바로 내가 가장 좋아하는 수련실이었다.

수련실은 단어가 좀 그래서 그렇지 사실 규모가 좀 큰 무기 연습실 정도이다. 하지만 이곳은 특히나 규모가 남달랐다. 왜 돔 외벽이 유리가 아닌가 했더니 안이 수련실이라서 그런 것이었다. 수련실의 벽은 웬만한 충격은 흡수하고 그 이상이어도 버텨야 하는지라 기술이 꽤나 필요한 장소였다. 게다가 이렇게까지 큰 규모? COAD에서도 이런 곳은 많지 않을 것이다.

내가 감탄사를 연발하여 안을 돌아다니자 레이첼이 약간의 경고 아닌 경고를 덧붙였다.

"너 하는 걸 보니까 이게 다 돈이라는 건 까맣게 잊었나 보지? 여기에 제일 많이 들었다. 네가 난장판으로 만들 걸 감안했기는 한데 연습할 때 좀 살살해. 여기도 터트리면 그 비용은 다 너한테 내라고 할 거야."

나는 그 걱정을 비웃듯 시원하게 웃으며 말했다.

"내라고 해라. 나 돈 많아."

레이첼의 얼굴이 금세 구겨졌지만 나는 여전히 웃었다. 아무리 레이첼이라도 웃는 얼굴에 침을 뱉지는 못할 것이다. 하지만 난 한 가지 사실을 깜박하고 있었다. 사람은 어떤 상황이든 최소한 입만은 닫히지 않는다.

"네가 번 돈 아니면 말하지 마."

이 말을 듣고 순간적으로 속에서 뜨거운 것이 올라왔다. 사실 내가 가지고 있는 돈들은 가문에서 대대로 보관되어온 돈이 대부분이었다. 또한 그 돈을 더 크게 불린 건 우리 아버지였다. 이젠 나와 상관없는 사람이긴 하지만 여전히 나에게 아버지는 결코 좋은 사람이 아니었다. 어머니의 유언이 있긴 하지만 그럼에도, 그럼에도 나에겐 여전히 흉한 명인 것만 같았다.

"이로…"

"왜 엄마?"

"아빠를… 미워하지 마…"

"……"

기억하고 싶지 않은, 숨기고 싶은 멍. 레이첼이 말은 아무런 의도가 없었던 것이겠지만 나에게는 아픈 상처를 들춘 것과 같았다. 잊고 싶었던 상처를.

중요한 것은, 레이첼은 내 가정사를 안다는 것이다.

나의 얼굴이 굳어지는 걸 보고 레이첼도 아차 싶었는지 재빨리 사과의 말을 꺼냈다.

"미안, 미안해."

나는 다시 미소 지었다. 지금은 이런 지나가 버린 과거에 얽혀있을 때가 아니었다. 지금은 기쁜 아니, 기뻐해야 하는 시간이다.

[가론]

오늘도 평범한 일요일이었다. 아니, 늘 그렇듯 지루한 하루였다. 지난번에 그들이 왔다 간 이후로 다시 똑같은 하루가 이어지고 있었다. 물론 그 덕분에 혼자 조용히 생각할 시간이 많아진 것이 좋긴 했다.

교도소에서 나온 후로는 그리 큰 사건도, 할 일도 없으니 나의 귀차니즘이 다시 발동하려 들었다. 어렸을 때도 특별한 일이 없으면 집에만 있는 것이 보통이어서 몸에 밴 듯했는데, 내가 하도 밖에 나가지 않으니 여관주인도 내가 방에 있나 확인하려 가끔 노크할 정도였다. 물론 난 그때마다 방에 있었다.

하지만 내가 아침에 일어날 때는 항상 이상한 느낌이 들었다. 뭔가 머릿속이 텅 빈 느낌이랄까. 있어야 하는 것이 없는 듯 공허한 느낌이었다. 그렇지만 금방 사라져버려서 길게 생각할 시간은 없었다.

오늘도 침대에서 뒹굴던 찰나, 밖에서 노크 소리가 들렸다. 이로가 온 줄 안 나는 반가움에 벌떡 일어나 문을 열었지만 문 앞에 서 있는 건 레이첼 혼자였다.

"아… 안녕."

순간 놀라고 어색했지만 최선을 다해서 인사말을 던졌다. 하지만 레이첼은 내 인사는 전혀 신경 쓰지 않고 말했다

"짐 싸."

'다짜고짜 이건 또 무슨 말이지.'

내가 당황해서 머뭇거리자 레이첼이 표정 하나 달라지지 않고 말했다.

"귀먹었어? 네 방을 옮겨야겠으니까 짐 싸라고."

듣기에는 결코 좋지 않은 말이라 얼굴을 살짝 찡그렸지만 따질 만큼 친하지 않아서 그냥 말을 따랐다. 일주일 정도 지냈을 뿐이었지만 짐은 꽤나 널브러져 있었다. 하지만 레이첼도 조금 도와가며 서둘러 치우니 그리 오래 걸리지는 않았다.

짐을 다 치우고 나서야 레이첼에게 말을 걸었다.

"이제 어디로 가?"

"따라와."

레이첼은 여전히 단답으로만 답을 했다. 그런 태도에 살짝 짜증이 났지만, 이내 곧 화를 식혔다. 앞으로 계속 이런 식이라면 좀 골치 아프겠다는 생각을 하면서.

1층에 내려가자 여관주인인 노인 대신 딸(직원)이 앉아 있었다. 하지만 그에 의문을 품은 나와는 다르게 레이첼은 그다지 신경 쓰지 않는 것 같았다.

"처음에 이틀치로 200피어 내셨고 나머지 500피어 입니다."

레이첼이 그동안의 돈을 계산하는 동안 눈치를 보던 나는 직원에게 조심스럽게 물었다.

"저기… 원래 계시던 분은 어디 계세요?"

내 물음에 직원은 난처한 듯 잠시 머뭇거리더니 곧 입을 열었다.

"어머니가 요즘 좀 편찮으셔서… 오늘은 제가 대신 나왔어요."

"아… 그렇군요."

생각지도 못했던 말이 나오자 당황한 나는 더 이상 말하지 못하고 우물쭈물했다. 때마침 그때 레이첼이 돈을 내는 덕분에 어색한 침묵을 끝낼 수 있었다.

직원의 인사를 받으며 건물 밖으로 나오니 레이첼이 짜증스러운 목소리로 말했다.

"쓸데없이 그런 건 왜 물어봐?"

"어? 아니 뭐 그냥…"

"꼭 필요한 게 아니면 물어보지 마. 시간 낭비하지 말고."

또다시 짜증이 올라왔지만, 이번엔 할 말이 없었다. 그런 대답이 나올 줄 알았으면 차라리 물어보지 않는 편이 더 나을 뻔했으니까 말이다.

그 이후로 우리는 목적지에 도착할 때까지 대화를 거의 하지 않았다. 레이첼은 원래도 말이 없었고 나도 그다지 말을 걸고 싶지 않았기 때문이었다. 심지어 내가 들고 있는 가방이 너무 무거웠을 때도 말을 걸지 못했다. 들어달라고 부탁하면 또 약하다, 이런 것도 못 드냐는 식으로 짜증을 낼 것 같았기 때문이었다.

그렇게 내 어깨가 빠지기 직전에서야 레이첼이 숲 한가운데에 멈춰 섰다. 나는 왜 여기서 멈추느냐고 묻고 싶었지만 그럴 필요는 없었다. 레이첼이 포탈을 열었기 때문이었다.

나는 포탈을 타본 적이 많지 않았다. 나는 간부 집안도 아니었고 포탈을 열지도 못했기 때문이었다. 포탈을 타본 적은 어렸을 때 잠깐 속해 있던 조직에서 작전을 수행할 때 몇 번 타본 것과 정부에 잡혀 이송당할 때가 전부였다.

"뭐해. 안 타?"

내가 포탈을 타지 않고 가만히 있자 레이첼이 나를 째려보며 말했다.

"타."

나도 모르게 퉁명스러운 말투가 나와버렸다. 말을 내뱉자마자 후회했지만, 다행히 레이첼은 그다지 신경 쓰는 것 같지 않았다.

포탈을 타자 몸이 울렁거리는 듯 이상한 느낌이 들었다. 이 느낌을 신경 쓰지 않는 사람도 있지만 나 같은 경우에는 아니었다. 아무래도 나는 포탈을 타는 것에 익숙해질 것 같지 않았다.

포탈을 타고 나오자마자 이로가 반가워하며 우리를 반겼다.

"안녕 가론 형~ 오랜만이네. 레이첼, 뒤에 붙는 애들은 없었어?"

"있긴 했는데 하나야. 게다가 중간에 방해 좀 했더니 우릴 못 쫓아오던데, 좀 허술했어."

"그래? 그럼 뭐 다행이고. 가론 형, 가방 무거워 보이네. 들어줄까?"

가만히 둘의 대화를 듣고 있던 나는 이로의 말에 감동할 정도로 고마웠다. 안 그래도 힘들어 죽을 지경이었는데 말이다. 나는 반색하며 이로에게 가방을 내밀었지만 사람 말은 끝까지 들어야 하는 법. 이로가 다음 말을 꺼내는 순간 나는 인내의 끈이 끊어지는 것을 느꼈다.

"~라고 할 줄 알았지?"

'이 새끼가.'

하마터면 이 말이 입 밖으로 나올 뻔했지만, 마지막 인내심을 발휘해 간신히 참아냈다. 반면에 이로는 내 속도 모르는지 혀를 한번 내밀고는 그대로 도망쳐 버렸다. 당장이라도 가방을 던져 머리를 맞추고 싶었지만 그럴 힘도 없어서 그만두었다. 레이첼은 옆에서 강 건너 불구경하듯 쳐다보더니 가볍게 혀를 찼다.

"매를 번다. 사람 놀리는 게 그렇게도 재밌나. 나중에 보복받을 걸 모르진 않을 텐데."

그러고는 나를 바라보며 말했다.

"따라와. 네 방이랑 기지 소개시켜 줄게."

기지? 그건 처음 듣는 소리였다.

내가 멍한 표정을 짓자 레이첼이 설명해주었다.

"기지가 그저께 완공됐거든. 너도 여기 있는 게 나을 것 같아서 데려온 거야. 이로도 여기서 지내고 있어."

나는 고개를 끄덕였다. 어쩐지 반란의 첫 시작 같은 생각이 들어서 나도 모르게 여러 가지 생각이 들었다. 기대, 불안, 그리고 복수심.

하지만 레이첼의 다음 행동에 깜짝 놀라 그런 생각들은 순식간에 사라져버렸다. 레이첼은 자연스럽게 손을 뻗더니 내가 메고 있던 가방을 가져가 들었다. 내가 놀란 눈으로 쳐다보자 레이첼은 아무렇지 않은 얼굴로 말했다.

"뭐? 무겁다며."

새 기지는 내가 생각했던 것보다 훨씬 좋았다. 외부도 괜찮았고 내부도 밋밋할 것 같았지만 밝은 청록색 벽지가 꽤 잘 어울렸다.

처음으로 간 곳은 내 방이었다. 내 방은 단순한 느낌이었다. 벽지는 연한 하늘색이었고 방의 오른쪽에 붙어 있는 침대는 이불은 연한 파란색, 베개는 살짝 까슬까슬한 촉감의 하얀색이었다. 침대 반대쪽에는 책상과 책장이, 다른 쪽에는 옷장 등의 수납 공간이 있었다.

'별거 없네, 인테리어도 단순하고.'

"짐 풀고 나와. 옷도 갈아입고."

"옷? 가방에 들어 있던 옷은 이미 다 입었어. 뭘…"

내 불평에 레이첼은 얼굴을 살짝 찌푸리며 말했다.

"일주일 전엔 교도소에 있던 놈이 옷 타령하는 거야? 정 싫으면 옷장 한번 열어 보든지."

레이첼은 이 말을 끝으로 방문을 닫고 나가버렸다. 나는 레이첼의 가시 돋친 말에 짜증이 올라와 방문을 노려보며 욕을 하려다 아까의 일을 떠올리며 참았다.

작게 불평을 늘어놓으며 옷장을 연 나는 그 상태로 눈만 꿈벅거렸다. 옷장 안에는 새 옷들이 가지런히 정리된 채 들어 있기 때문이었다. 나는 마음 한편으론 고마움을 느꼈지만, 옷을 꺼내 입으며 작게 투덜거렸다.

"이럴 거면 말도 좋게 좋게 하든가 왜 굳이 말을 그렇게…"

옷장에 걸려 있는 옷들 중 하나를 골라 입었다. 하얀 바탕에 팔을 따라 검은 테두리가 있고 왼쪽 가슴 부분에 작은 새가 그려져 있는 옷이었다.

옷을 입은 다음 문을 열고 나가자마자 앞에 레이첼이 서 있는 바람에 깜짝 놀라 작게 소리를 질렀다. 그 모습을 보고 레이첼은 또다시 못마땅한 표정을 지었다.

"다 큰 남정네가 간이 왜 이리 작아?"

"네가 앞에 없었으면 될 거 아니야."

"네가 놀라질 말든가."

내가 부루퉁한 표정을 지어도 레이첼은 별 반응이 없었다. 그저 뒤를 돌아 복도를 걸어갈 뿐이었다. 나는 거친 숨을 한번 크게 내쉰 뒤 레이첼을 따라나섰다.

말없이 걷던 레이첼은 한 방 앞에서 멈춰 섰다. 문에는 '무기고'라는 글씨가 선명하게 붙어 있었다. 레이첼이 문을 열고 들어가자 어깨너머로 온갖 무기들이 깔끔하게 정리된 채 놓여 있는 것이 보였다. 그것들 중에서는 내가 생전 처음 보는 것들도 여럿 있었다.

어느새 여기저기 구경하고 있는 나를 보며 레이첼이 입을 열었다.

"골라."

앞뒤 없는 레이첼의 말에 나는 눈을 커다랗게 뜨며 되물었다.

"뭐?"

"무기 하나 고르라고."

"진짜?!"

내가 말해 놓고서 아차 싶어 바로 입을 다물었다. 무기를 준다는 말에 너무 신난 나머지 성급하게 군 것 같아 자존심이 상했다.

"네가 앞으로 쓰게 될 거니까 신중히 골라."

레이첼의 말에 정신을 차리고 무기고를 다시 둘러보았다. 대포, 권총, 꽤 길어 보이는 총, 장검과 톱처럼 홈이 있는 칼 등, 다양한 무기를 둘러보던 내 눈길이 단검이 모여있는 곳에 멈췄다. 그 앞에 서 잠시 고민하던 나는 내가 전에 쓰던 것과 가장 비슷한 것을 집 었다.

"이거."

"커스피드 나이프?"

레이첼은 또다시 마음에 안 든다는 듯한 표정을 지으며 말했다.

"또 단검이야?"

내가 집은 것은 송곳니처럼 전체적으로 살짝 휘어있는 단검이었 다. 고른 이유는 간단했다. 어렸을 때부터 계속 같은 것만 썼기 때 문에 가장 편했고 더욱이 다른 무기들을 쓸 줄도 몰랐다.

"난 이게 편해."

나로선 어쩔 수 없는 일이지만 레이첼 눈에는 고집으로 비치는 모양이다. 뭐, 상관은 없다.

"그래, 뭐."

이번에는 레이첼도 순순히 인정해주었다. 고맙게도.

"나와."

레이첼의 말에 내가 단검을 제자리에 두고 문 쪽으로 걸어가던 순간, 뒤에서 섬뜩한 느낌이 들어 재빨리 옆으로 몸을 피하자 무언가 옆을 스치는 듯한 감각을 느끼고 바닥으로 나동그라졌다.

"아악!"

바닥에 부딪힐 때의 순간적인 고통에 짧은 비명을 질렀다. 아픈 부위를 문지르며 일어나려 고개를 들자마자, 나는 그대로 굳어버렸다.

내가 골랐던 칼이 벽에 꽂혀 있었는데 방금 꽂혔다는 걸 증명이라도 하듯 아직 위아래로 미세하게 떨리고 있었다.

'방금 내가 안 피했으면 저 칼에…'

"미… 친…"

"뭐해? 가져가야지?"

내가 고개를 돌리자 평소와 똑같이 무표정인 레이첼의 모습이 보였다. 레이첼은 이 상황이 별거 아니라는 듯 아주 태연해 보였다.

"니가… 한 거냐?"

그러자 레이첼은 더 아무렇지 않게 말했다.

"가져가야 되는데 안 가져가길래 갖다준 건데. 그 정도는 잡을 수 있을 줄 알았지."

나는 뭐라 형용할 수 없는 표정을 지었다. 굳이 비유를 하자면 '뭐 저런 사이코가 다 있나.' 하는 표정이었을 것이다.

"빨리 일어나서 가지고 나와. 그 정도로 아프지 않을 텐데 엄살 부리지 말고."

'아파. 아프다고 이 미친 사이코야.'

사람이 정통으로 넘어지고 어떻게 안 아플 수가 있겠는가? 반쪽짜리 낙법으로라도 멈춰서 망정이지 하마터면 선반에 부딪힐 뻔했다.

나는 랩처럼 욕을 쏟아내고 싶은 마음을 참으며 입술을 깨물었다. 아직도 무릎이 욱신거리는 걸 부여잡고 일어나서 벽에 박힌 단검을 뽑으려 손으로 잡고 힘껏 잡아당겼다.

레이첼은 아예 기지 밖으로 나갔다. 이쯤 되니 이상하다는 생각이 조금씩 들기 시작했다. 기지 구경시켜 줄 거면 단검은 왜 들고 나오라 하고, 밖으로 나올 필요가 뭐가 있지?

속으로 생각에 빠졌던 나는 갑자기 멈춘 레이첼의 뒤통수에 박을 뻔했다.

"뭐야. 왜 멈춰?"

"가론 형! 이제야 왔네?"

갑작스럽게 들려온 목소리에 레이첼의 너머를 보니 이로가 서 있었다. 주변을 둘러보니 기지에서 어느 정도 떨어진 공터였다.

아직 어리둥절해하는 나에게 레이첼이 무덤덤한 목소리로 말했다.

"휴식은 충분히 했지?"

이건 또 무슨 뜻이지?

"가론 형, 오늘 오랜만에 실력 발휘 좀 해봐."

혹시…?

"지금 뭐 하자는 거야?"

"뭐야, 아직도 감이 안 잡히는 거야?"

레이첼이 어이없다는 목소리로 말했다. 아니, 이제는 눈치챘다. 단지 이 상황을 받아들이지 않고 싶을 뿐이다.

"형 강하다며? 우리랑 대련하자."

대련. 한마디로 실력을 겨루자는 뜻이다.

솔직히 실력으로 따지면 질 생각은 없다. 나도 나름 잘한다고 말할 수 있을 만큼의 실력이니까. 다만 문제는…

"난 연습 하나도 안 했는데?"

빈말이 아니다. 실제로 난 교도소에 갇힌 후 약 1년 동안이나 검을 제대로 휘둘러본 적이 거의 없었다. 여관에 있을 때 밖에 나가 시험 삼아 동작을 몇 번 해보긴 했지만 그게 다였다. 애초에 검 없이 하는 검 연습은 하나 마나였기 때문이다.

하지만 애들은 내 말을 귓등으로도 듣지 않았다.

"괜찮아. 어차피 연습인데 뭐, 실력 측정해 볼 겸 하면 좋잖아?"

이로는 싸울 생각을 하니 오히려 즐거워 보였다. 그 모습을 보며 나는 속으로 생각했다. 모르긴 해도 저 녀석도 분명 사이코 기질이 있을 거라고.

"내가 먼저 할래!"

이로는 옆에 세워져 있던 대포 머리 같은 것을 어깨에 짊어지고 공터 가운데로 성큼 걸어갔다.

'뭐지 저 대포 대가리는?'

"뭐해. 안 나가?"

레이첼이 나를 옆으로 힐끗 바라보며 말했다.

"그래, 나간다. 나가."

"나 먼저 아님 형 먼저?"

"니 먼저 해라."

내 말이 끝나기 무섭게 이로가 순간 다리에 힘을 주더니, 하늘 높이 점프했다. 그 높이가 어림잡아도 3미터는 되어 보였다.

'도약?'

도약은 다리에 마력을 모은 후 순간적으로 밑으로 방출하는 기술이다. 그렇게 되면 작용과 반작용으로 인해 하늘 높이 점프할 수 있었다.

나는 재빨리 방어 자세를 취했다. 위로 뛰어오른다는 건 나를 향해 뭔가 던질 가능성이 컸다. 내가 단검을 들고 방어 자세를 취함과 동시에 이로가 대포 머리 같은 것의 뭔가를 조작하더니 커다랗고 검은 무언가가 튀어나와 나에게로 날아왔다.

나는 매우 당황했지만 저건 못 막겠다는 생각에 무의식적으로 몸을 굴러 옆으로 피했다.

쾅――

내가 몸을 피한 직후 귀를 때리는 듯한 소리가 울려 퍼지더니 내 눈앞에 믿을 수 없는 광경이 펼쳐져 있었다. 방금까지 내가 있던 자리의 땅이 대략 30cm 정도 파여있었고 이로는 어느새 땅에 착륙한 상태로 나를 향해 또다시 공격할 준비를 하고 있었다.

'진짜 대포였어?'

생각지도 못한 공격에 잠시 벙쪄있던 나는 곧 생각을 고쳤다.

'지금은 싸우는 데 집중하자. 생각은 나중에 하고 일단…'

나는 빠르게 일어나 자세를 고쳤다. 어차피 대포는 한번 피하기만 하면 따라오진 않으니 피한 다음 반격을 하면 승산이 있을 것이다.

이로가 다시 한번 대포를 쏘자 재빨리 옆으로 피한 뒤 단검을 쥔 채로 이로에게 빠르게 뛰어갔다. 이로를 향해 단검을 휘두르자, 이로는 눈 깜짝할 사이에 옆으로 뛰어 피했다.

'어쭈, 꽤 빠른데?'

공격에 실패하자 뒤돌아 자세를 고친 뒤 다시 이로를 향해 뛰었다. 그 순간, 이로가 또다시 나를 향해 대포를 쏘았다.

'이쯤이야.'

아깐 당황해서 그렇지, 이 정도는 피할 수 있었다. 이 상황에서 옆으로 피하면 속도가 떨어지니 이번에는 조금 높게 뛰어 대포알 위로 넘어서 피했다.

가뿐히 착지한 후 다시 뛰려 고개를 들자, 바로 앞에 커다랗고 검은 무언가가 나에게 다가오고 있었다. 순간 상황을 제대로 이해하기도 전에 반사신경이 발동해 옆으로 몸을 틀었지만, 미처 다 피하지 못한 왼팔이 대포에 맞았다.

쾅——

대포가 아주 큰 소리를 내며 터져서 귀가 먹을 것 같았지만 간신히 낙법을 사용해 직접적인 피해는 거의 받지 않았다. 하지만 너무 큰 소리가 난 탓에 살짝 정신이 나갈 것 같았다.

다시 일어나려 했지만, 폭탄의 여파 때문인지 다리가 휘청거려서 나는 한쪽 무릎을 꿇고 정신이 맑아지기를 기다렸다.

"…만."

심판 역을 맡고 있던 레이첼이 뭐라 말하는 것이 보였지만, 소리가 들리지는 않았다. 그래서 그저 눈으로 보고만 있었다. 레이첼의 말을 들은 이로가 아쉽다는 표정으로 나를 한번 바라본 뒤 어깨에 짊어진 무기를 내려놓는 것이 보였다.

이로는 대포를 대충 던져놓고는 앉아 있는 나에게 다가와 물었다.

"… 찮아?"

괜찮냐고 물어보는 거겠지.

그렇게 해석한 나는 이로를 똑바로 쳐다보고 고개를 저으며 말했다.

"미친놈아."

아무리 대련이라고 해도 이건 정도가 심하다고 생각했다. 이놈은 적당히라는 걸 모르는 건가. 내가 욕을 해도 이로는 뭐가 그리 재밌는지 실실 웃으며 말했다.

"화약 안 넣으니 됐잖아."

"귀 멀뻔했거든?"

"네가 피하든가."

이로와의 말다툼에 레이첼이 끼어들었다. 나는 레이첼을 째려봤지만 레이첼은 '맞는 말이잖아?' 하는 표정으로 나를 바라볼 뿐이었다.

나는 한숨을 쉬며 이제 괜찮아진 몸을 일으켰다.

그래. 어차피 내가 이 둘과 말로 싸워봤자 못 이기지.

"뭐야, 무승부야? 에이~ 가론 형을 꼭 이기고 싶었는데."

"이게 이긴 게 아님 뭐냐?"

"중간에 멈춘 거지."

…또라이 새ㄲ…

"이제 네 차례."

이로가 레이첼의 등을 떠밀며 말했다.

잠깐, 나는?

"안 쉬고 바로 해?"

"그럼? 설마 벌써 지친 거야?"

이로가 놀란 표정을 지으며 과장된 말투로 말했다.

'…에라이.'

"아니거든!"

"그럼 시작!"

이로는 자기 마음대로 손뼉을 부딪치며 시작했다.

다행인지 불행인지, 레이첼은 대련하는 것이 그다지 달갑지 않은 눈치였다. 레이첼은 이로를 살짝 흘겨보고는 손에 창을 들었다.

아니지. 소환했다고 해야 하나.

레이첼이 손을 들자 그 손에 희미한 창이 보이더니 점점 뚜렷해졌다. 그러니 소환했다고 하는 게 더 정확하겠지.

'생각보다 간단하게 생겼네?'

성격 때문인지 태도 때문인지는 몰라도 레이첼은 꽤 강할 거라고 생각했는데, 정작 레이첼의 무기는 평범한 모양의 창이었다.

뭐, 모양이 단순하다고 약할 거라는 건 편견이니까.

나는 레이첼이 자세를 잡자마자 그쪽을 향해 돌진했다. 하지만 그건 레이첼도 예상했는지, 내가 휘두른 단검은 레이첼의 창에 그대로 막히고 말았다.

챙–

창의 긴 손잡이 부분과 단검이 부딪히자 맑은 소리가 울려 퍼졌다. 허나 나는 레이첼과의 힘겨루기에 정신이 팔려있어 그 소리를 제대로 듣지 못했다. 힘겨루기도 잠시, 레이첼이 창을 바깥쪽으로 휘두르며 단검을 튕겨냈다.

"으."

칼이 튕겨지는 충격에 뒤로 밀려나며 살짝 신음이 새어 나왔지만 다시 자세를 고쳐잡았다.

하지만 내가 미처 균형을 다 잡지 못한 때에, 레이첼이 엄청난 속도로 나에게 달려왔다. 그리고 그녀의 손에는 나를 똑바로 향하고 있는 창이 들려있었다.

찌르는 창은 막는 것보다 피하는 게 더 쉽기에 나는 왼발로 땅을 밀어내듯 뛰어서 멀리 피했다.

나는 레이첼이 방향을 틀지 못하고 멈춘 다음 같은 방향으로 밀려날 거라 생각했지만 내 예상은 보기 좋게 빗나갔다.

레이첼은 내가 옆으로 피하자마자 갑작스럽게 상체를 내 쪽으로 틀었다. 보통 그렇게 하면 관성 때문에 뛰던 방향 그대로 날아가 넘어지겠지만, 레이첼은 달랐다.

레이첼이 몸을 틀면 다리는 자연스럽게 원래 날아가려던 방향으로 쏠리게 되는데, 레이첼은 다리를 그대로 허공에 차서(도움닫기?) 안정적으로 방향을 틀었다.

마치 허공에 투명한 벽이 있는 것처럼.

당황한 나는 다시 피하려고 했지만 그러기에는 이미 너무나 가까운 거리였다. 여기서 내가 할 수 있는 건 가까스로 방어 자세만 취하는 것뿐이었다.

ㅈ 됐다고 생각하던 순간.

"윽…!"

레이첼이 짧은 신음과 함께 빠르게 창을 땅에 꽂아 내 눈앞에서 멈췄다.

응?

난 아무것도 안 했는데?

다시 보니 나 때문인 것 같지는 않았다.

레이첼은 여전히 땅에 꽂힌 창을 잡고 있었지만, 어딘가 고통스러운 듯 얼굴이 일그러지더니 옆구리를 부여잡고 주저앉았다.

"왜 그래? 괜찮아?"

갑작스러운 레이첼의 돌발행동에 저 멀리 서 있던 이로까지도 뛰어와 물었다.

이로가 부축해 주려 하자 레이첼은 고개를 저으며 거절의 뜻을 명확히 했다.

"짜증나…"

어쩔 줄 모르고 가까이서 어정쩡하게 서 있자 레이첼의 짜증 섞인 작은 목소리가 들렸다.

"진짜… 짜증나…"

안 그래도 정신이 없던 나는 더 당황했다. 단순히 아픈 게 아닌 것 같았지만, 뭐라고 위로하기가 더 애매해져 버렸기 때문이다.

음… 일단

"레이첼."

내 말에 레이첼은 아무 대꾸도 하지 않았지만 중얼거림이 멈춘 것으로 보아 내 말을 듣고 있는 것 같았다.

"기지로 돌아갈래?"

이번에는 천천히 고개를 끄덕였다. 아주 천천히.

'……'

나는 내 방 의자에 턱을 괴고 앉아 있었다. 정확히는, 생각을 하고 있었다.

'걔 왜 그랬지?'

계속 아파하는 레이첼을 방에 데려다 놓고 온 뒤, 책장에 꽂힌 책을 보려고 했으나 도무지 집중되지 않았다. 그래서 책을 읽는 건 포기하고 계속 생각하던 중이었다. 아무리 생각을 해보아도 레이첼이 아파할 이유는 없는데.

'그렇다면.'

순간 머리를 스쳐 간 생각에 나는 의자에서 벌떡 일어났다.

'직접 물어봐야지.'

나는 바로 방문을 나가 옆에 있는 짙은 회색 문을 두드렸다.

똑– 똑–

"레이첼?"

똑– 똑–

"들어가도 돼?"

…대답이 없다.

의아한 느낌을 느낀 나는 조금 더 세차게 문을 두드렸다.

똑 똑 똑

"레이첼? 안에 있어?"

여전해 답이 없다.

'안에 없나?'

그럼 더 큰일인데. 아픈 몸으로 어딜 간다고.

"레이…"

"가론 형?"

갑작스럽게 들려온 목소리에 깜짝 놀라 뒤를 돌아보자 이로가 나를 쳐다보고 있었다.

"뭐해?"

"어? 어… 레이첼한테 물어볼 게 좀 있어서…"

"레이첼?"

이로는 피식 웃으며 말했다.

"걔 지금 없어."

"뭐?"

순간 어이가 없었다. 그럼 난 빈방에 대고 대답이 오지도 않는 질문을 한 건가. 머쓱하기도 하고 뒤늦게 느껴지는 민망함에 작게 실소했다.

"어디 갔어?"

"몰라."

몰라? 네가 말해 놓곤 뭘 몰라?

내 생각이 표정에 그대로 드러났는지, 이로가 말을 덧붙였다.

"걔 원래 자기 맘대로 나갔다 들어왔다 하는데 뭐, 내비 둬."

"뭐하러 가는데?"

"몰라, 물어봐도 대답 안 해주던데."

왜 대답을 안 해주지? 꼬치꼬치 캐묻는 게 싫은 건가?

뭐, 이따 왔을 때 물어보면 되겠지.

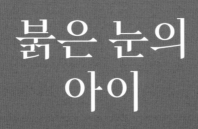

붉은 눈의
아이

[이름 없는 아이]

"에휴…"

나무 위에 높이 지어져 있는 나무집을 보자마자 한숨이 새어 나왔다. 사다리도, 계단도 없어서 일반적인 사람은 올라갈 수 없을 것 같았다.

길거리나 나돌아 다니던 내가 이곳에 오게 된 것은, 바로 며칠 전에 자신을 찾아온 한 사람 때문이었다.

어제, 나는 인적이 드문 골목에서 사냥을 하고 있었다. 나를 길 잃은 어린아이라고 생각하고 다가오는 사람들이 꽤 있었기 때문에, 나는 매일 어렵지 않게 배를 채울 수 있었다.

가뿐히 식사를 마치고 만족스러운 얼굴로 일어서려던 나의 앞에, 검고 긴 로브를 입은 한 사람이 다가왔다.

후드 같은 것을 눌러 쓰고 있는 탓에 얼굴조차 보이지 않았지만, 그자가 놀랐다는 것은 어렵지 않게 짐작할 수 있었다. 그 정체불명의 사람은 식사를 마친 나에게 점점 더 가까이 다가왔다.

"뭐야?"

이상하긴 했지만, 그 역시 인간이라 생각한 나는 불쾌한 듯 얼굴 찌푸렸다. 그럼에도 조금도 겁을 먹지 않는 것 같자 뾰족한 송곳니와 손톱을 드러냈다. 보통 인간들은 이렇게 하면 지레 겁을 먹고 죽어라 도망갔기 때문에 귀찮은 인간들을 쫓을 땐 이 방법을 많이 썼다.

하지만 그 사람은 꿈쩍도 하지 않은 채 나를 뚫어져라 쳐다보았다. 그 시선에 기분이 나빠진 나는 손톱을 뾰족하게 세우곤 그에게 달려들었다.

그의 몸을 할퀼 생각으로 팔을 휘둘렀지만, 그는 순식간에 옆으로 몸을 피하더니 오히려 내 팔을 낚아챘다. 고작 인간이 내 공격을 막았다는 것에 깜짝 놀란 나는, 뒤이어 들려오는 목소리에 또한 번 놀랐다.

"…어리군. 겉모습은 인간 나이 13살 남짓."

'여자?'

몇 번을 다시 생각해 봐도 분명히 여자의 목소리였다. 내가 늘 듣던 귀를 찢을 듯한 비명이 아닌 차분하다 못해 차가운 목소리라는 것이 다르다면 다르겠지만 말이다.

"뭐야? 당신!"

나는 날 붙잡고 있던 팔을 거칠게 뿌리치며 소리쳤다.

하지만 여자는 전혀 신경 쓰지 않고 나를 훑어보더니 작은 목소리로 말했다.

"…힘들어 보이는데."

그녀의 말을 듣자마자 갑자기 가슴속에서부터 뜨거운 것이 올라왔다. 당신이 뭔데 처음 본 사람한테 그런 말을 해? 어쭙잖게 동정하는 척이라도 하려고? 웃기지 마. 난 당신 같은 사람들을 경멸해. 겉으론 착한 척하면서 속은 시커먼 놈들 같으니.

나는 주먹을 핏줄이 설 정도로 세게 움켜쥐며 여자를 노려보았지만, 여자는 그런 나를 아무렇지 않게 바라보며 말을 이었다.

"힘들다면, 내가 도와줄 수 있어."

"이상한 소리 말고 꺼져."

안 꺼진다고 해서 내가 쫓아낼 수 있을 것 같진 않지만, 그래도 겁먹지 않았다는 걸 보여주기 위해 경고하듯 말했다.

"흐음… 지금 당장일 필요는 없어. 나와 말할 마음이 있다면 내일 오후 5시까지 나무집으로 와. 기다릴 테니까."

저건 또 무슨 개소린지. 다른 사람이었다면 그리 치부하고 넘겼을 테지만 내가 그녀의 말을 무시하지 못한 건 그녀의 입에서 나온 한 단어 때문이었다.

'나무집.'

갈 곳이 없는 나에겐 사실상 집이나 다름없는 곳이었다. 인적이 드문 숲속 한 나무 위에 지어진 집인데, 누가 지었는지는 모르겠지만 아무튼 덕분에 잘 쓰고 있는 중이었다. 비록 단칸방이나 다름없었지만 그래도 나 혼자 살기엔 부족함이 없었다.

근데 생전 처음 보는 사람이 찾아와 내 비밀공간을 알고 있다 하니, 크게 당황해 뭐라 대꾸할 수가 없었다.

내가 정신줄 놓고 있던 사이, 그 사람의 주위에 검은 안개가 드리우더니 모습이 점점 흐려졌다. 그자는 자신의 모습이 완전히 사라지기 직전 깜짝 놀라 동그랗게 뜬 눈으로 바라보고 있는 나에게 나지막이 말했다.

"다음에 또 보자. 붉은 눈의 아이야."

…그래서 온 게 여긴데. 사실 오고 싶어서 온 건 아니었다. 근데 왜 여기에 왔냐 물으면.

간단하다, 내 집이니까. 애초에 지금은 오후 5시가 넘어도 한참 넘은 밤이었다. 그 여자를 만날 생각은 없지만 잠은 자야 했기에 온 것이다. 어차피 지금까지 기다리고 있지도 않을 테니까.

그 생각으로 여기에 온 건데, 나무집에 도착하자마자 불길한 기운에 엄습했다. 어째서인지 나무집에서 그 사람의 기운이 느껴졌기 때문이었다.

'에이, 설마… 아까 오래 기다려서 기운에 남아있는 거겠지…'

하지만 나의 그런 생각은 나무집에 도착하자마자 무참히 깨져버렸다.

　최대한 조용히 올라가 나무집 안을 힐끗 봐보니 그때 그 사람이 아주 편안한 자세로 앉아 책을 읽고 있었다. 한 가지 이상한 것은 지금은 깊은 밤이라 빛이라고는 희미한 달빛밖에는 없는데도 여자가 책을 읽는 것에는 전혀 어려움이 없어 보였다.

　모른 척하고 빠져나가려 몸을 돌리던 찰나, 뒤에서 아름답고도 차가운 목소리가 들려왔다.

　"어디가? 이렇게 오래 기다리고 해놓고선."

　깜짝 놀라 뒤를 돌아보니 여자가 아까와 똑같은 자세로 앉아 내 쪽은 쳐다보지도 않고 말했다.

　"잠깐 얘기 좀 하는 게 어때? 하고 싶은 말이 많은데 말이야."

　여자가 슬며시 고개를 들자 검은 머리카락에 가려 보이지 않았던 얼굴이 드러났다. 여자의 얼굴을 본 나는 깜짝 놀라 짧게 숨을 들이쉬었다. 달빛에 비친 그녀의 모습이 너무 아름다워서도 맞지만, 내 시선을 사로잡은 것은 그녀의 눈이었다.

　맑고도 투명한 루비같이 붉은 눈.

　나와 같은 색의 눈이었다.

　"당신…!"

　아직도 놀라 입이 닫치지 않은 채로 멍하니 그녀를 바라보며 간신히 입을 열었다.

　"왜… 나랑 같아요…?"

나의 반응과는 반대로 여자는 말없이 부드러운 미소만을 보일 뿐이었다. 잠시 묘한 눈빛으로 날 바라보던 여자는 옆에 앉으라는 듯 자신의 옆자리를 손으로 툭툭 쳤다.

그러자 나는 홀린 듯 다가가 그녀의 옆자리에 주저앉았다. 하지만 나는 차마 눈을 마주치지 못하고 방 밖 풍경만을 바라보았다.

"…전에 날 도와줄 수 있다고 했죠."

한참을 머뭇거리다 겨우 입을 연 것은 궁금증을 이기지 못한 나였다.

"정확히… 어떤 건가요? 어떻게 날 도와주겠다는 건가요?"

내 물음에 여자는 잠시 뜸을 들이다가 말했다.

"난 너에게 가르쳐 줄 수 있어."

여자는 그녀의 말을 이해하지 못해 의아한 눈으로 바라보고 있는 나를 똑바로 쳐다보다가 말을 이었다.

"네가 배우고 싶은 것을 가르쳐 줄 수 있고, 지금보다 더 편하게 살게 해줄 수도 있어. 원한다면 내가 돌봐줄 수도 있고."

그녀의 말을 잠자코 듣고 있던 나는 마지막 문장에서 놀라 눈을 크게 뜨며 여자를 바라보았다.

"그… 돌봐준다는 게, 그… 그…"

'키워준다는 거예요?'라고 묻고 싶었지만 만난 지도 얼마 되지 않아 이런 말을 꺼내기 뭐해서 차마 말을 잇지 못하고 웅얼거렸다.

이런 내 마음을 알아챘는지 여자는 살짝 웃으며 말했다.

"아마 네가 생각하는 그거 맞는 것 같은데."

"어떻게 알아요?"

"음, 감이지. 딱 느낌이 오니까."

그녀는 입꼬리를 살짝 올리며 아름다운 미소를 지었다. 그 모습을 멍하니 바라보고 있던 나는 손에서 느껴지는 촉촉한 감촉에 깜짝 놀라 아래를 쳐다보았다. 그러자 내 손등에 떨어져 있는 따뜻한 물방울이 보였다.

'뭐지…?'

"아… 우는구나. 괜찮아, 맘껏 울어. 울어도 괜찮으니까."

울어? 누가? 내가?

얼굴을 만져보니 촉촉한 물기가 느껴졌다. 뭐야, 진짜 운 거야? 내 먹잇감들이 나한테 잡힐 때 흘리던 그 눈물을? 하지만 난 지금 전혀 무섭지도 않은데… 왜?

"흐… 윽… 흑… 흐윽…"

내 뜻과는 상관없이 눈에서는 갈수록 더 많은 양의 눈물이 흘러내렸다. 코에서도 무언가 꽉 막힐 듯한 느낌이 들었다. 몸 전체의 온도도 더 올라간 것만 같았다.

"흐윽, 흐윽, 어엉… 어어어헝, 어어어어엉…"

눈물이 그칠 줄을 모르고 오히려 울음소리가 더 커지자 나도 모르게 어린아이처럼 여자의 품을 파고들었다. 그녀는 순간 조금 놀란 듯 움찔하더니 곧 살짝 어색하지만 부드러운 손길로 내 등을 토닥여 주었다.

"…괜찮아, 괜찮아. 계속 울어도 돼. 괜찮아…"

내가 얼마나 울었는지는 잘 모르겠다. 하지만 아마도 꽤 오랜 시간 동안 울었을 것이다. 그렇게 한참을 울고 난 뒤에야 조금씩 울음소리가 잦아들었다.

"…어때, 이제 좀 나아졌니?"

"에…"

'네.'라고 대답하려 했지만 울고 난 직후의 혀를 내 마음대로 움직이기는 어려웠다. 내 목소리에서는 아직도 울음소리가 섞여 나왔다.

"죄송해요…"

정신이 들자 만난 지 얼마 되지도 않아 추태를 부린 것 같아 민망함이 들어 슬그머니 그녀의 품을 빠져나왔다.

하지만 여자는 나를 향해 잔잔한 미소를 지으며 말했다.

"죄송하기는, 울고 싶으면 얼마든지 울어도 되는 거다. 알겠어?"

참 이상했다. 여자는 분명 웃고 있는데 웃는 것 같지가 않았다. 입은 웃고 있는데 눈은 아닌 느낌. 하지만 그마저도 희미해서 긴가민가했다.

"어…?"

그녀의 손이 내 머리 위로 올라가자 깜짝 놀라 나도 모르게 소리가 새어 나왔다. 내 머리 위로 올라간 손은 부드럽게 내 머리를 쓰다듬었다.

"역시 아직 어려."

"아, 안 어려요!"

"겉모습이 인간 나이 13살 남짓이면 어린 거다."

"어린 거 아니라니까요!"

자꾸만 나를 어린 취급하는 그녀의 태도에 불만스럽다는 걸 표현하듯 입을 쭉 내밀었다. 하지만 여자는 그런 내 행동조차 귀엽다는 듯 작게 미소 지을 뿐이었다. 그러다 보니 어느새 눈물은 다 말라 있었다.

한참을 작게 웃던 그녀는 조용해 입을 열었다.

"고맙다. 덕분에…"

그녀가 말끝을 흐리며 희미하게 짓는 미소에 나는 다시 그녀를 멍하니 쳐다보았다. 아까 지었던 미소와 같은 표정이었다. 인간이 이렇게 묘한 표정을 지을 수 있었나 싶은 생각이 들었다. 분명 웃는 건데, 웃고 있는데 기뻐 보이지가 않는 이 표정은…

순간 지금 여자의 미소를 조금이나마 표현할 수 있는 단어가 떠올랐다.

씁쓸함.

지금 그녀가 짓고 있는 것은 씁쓸한 미소에 가까울 것이다.

왜인지는 모르겠다마는.

"저기…"

위로라도 해주고 싶었는데, 생각지도 못한 곳에서 막혀버렸다.

'뭐라고 불러야 하지?'

누나나, 아주머니라고 부를 수도 없는 노릇이고.

찬찬히 내 표정을 살피던 여자는 곧 알겠다는 듯 웃으며 말했다.

"내 이름은 레이첼이다."

여자의 말에 나는 그녀를 신기한 눈빛으로 바라보았다. 어쩜 이렇게 말하지 않아도 내 맘을 잘 알아주는지.

"레이첼 님."

놀란 듯한 그녀의 표정에 호칭을 잘못 부른 것인가 잠깐 고민했지만, 그녀의 표정이 다시 풀어지는 걸 보면 틀리진 않은 모양이다.

"울 거면 울고 웃을 거면 웃어요. 기분 좋은 건지 나쁜 건지 헷갈린단 말이에요."

내 말에 여자는 진심으로 놀란 표정이었다. 한동안 멍하니 나를 바라보고 있던 그녀의 눈이 점점 촉촉하게 젖어갔다. 여자는 눈을 빠르게 깜박거리며 눈물을 말리고는 내 머리를 천천히 쓰다듬으면서 나지막이 말했다.

"나보다 한참 어린 애에게 이런 말을 듣게 될 줄은 몰랐는데 말이야."

나를 바라보는 그녀의 눈빛이 어쩐지 측은해 보였다.

"알겠다. 노력해 볼게."

여자는 이 말을 끝으로 나를 부드럽게 품에 안아주었다. 아까는 우느라 몰랐는데, 온몸에서 따뜻한 체온이 느껴지니 기분이 좋아졌다.

이럴 상황은 아니긴 한데, 기분 좋은 느낌에 나도 모르게 웃음이 새어 나왔다.

"얼레, 웃어?"

내가 웃는 걸 알아챈 여자가 장난조로 말했다.

"그냥, 기분 좋아서요."

"나 참…"

그녀는 가볍게 한숨을 쉬고 내 등을 쓰다듬었다.

한참 동안 내 등을 쓰다듬어주던 여자는 하늘을 보더니 아차, 하며 일어섰다. 그 때문에 나도 그녀의 품에서 떠밀려 나와버렸다.

내가 어리둥절한 얼굴로 여자를 올려다보자 그녀는 살짝 난감한 표정으로 말했다.

"시간이 많이 지나서… 빨리 가야 할 것 같은데."

간다고? 지금?

난 여기 두고?

"싫어요!"

순간 엄습하는 두려움에 갑작스레 소리치곤 뒤늦게 손으로 입을 막았으나 이미 그녀는 놀란 얼굴로 나를 바라보고 있었다.

"아니… 아잇… 그…"

나는 어쩔 줄을 몰라 말을 더듬었다. 사실, 이 여자를 만난 지 얼마 안 되긴 했지만 눈 색이 같아서인지 몰라도 묘한 동질감을 느끼고 있었다. 헌 데 떠난다고 하니 갑자기 왠지 모를 두려움이 엄습했다.

어쩔 줄 모르는 내 눈을 물끄러미 바라보던 여자는 조용히 입을 열었다.

"같이 갈래?"

나는 눈을 동그랗게 뜨고 그녀를 쳐다보았다.

"그, 그래도 돼요?"

"으음… 문제는 없을 것 같은데."

여자는 잠시 고개를 갸웃하며 고민하더니 이내 결심한 듯 입을 열었다.

"뭐… 괜찮을 것 같네."

"같이 가도… 괜찮아요?"

"응."

그녀의 말을 듣자 왠지 가슴이 두근거렸다. 여자를 따라갔을 때 어떨지는 잘 모르겠지만 적어도 지금보다는 좋을 것 같았다. 게다가 적어도 이젠 혼자가 아닐 테니까. 누군가는 곁에 있을 거니까. 빠르게 뛰던 심장이 안심되는 듯했다.

"따라와."

여자가 나를 향해 손을 내밀었다. 그 손을 잠시 바라보던 나는 설렘과 기대로 두근거리는 마음을 가라앉히곤 조심스럽게 그녀의 따뜻한 손을 맞잡았다.

여자를 따라 나무집을 나와 한참을 걸었다. 그리고 깊은 숲속에 도달했을 때쯤, 그녀가 멈추고 주위를 둘러보았다.

그 사이, 쉬지 않고 한참을 걸어서 지친 나는 멈춰서 거친 숨을 몰아쉬었다.

"하아, 하아, 하악…"

상체를 숙여 잠시 쉬던 나는 바닥에 비쳐 보이는 희미한 파란빛에 고개를 들었다. 여자의 앞의 공간이 희미한 파란빛을 뿜어내며 일렁이고 있었다.

'신기하다…'

나는 입을 살짝 벌리고 아름답게 빛을 내는 물체(?)를 쳐다보았다.

"이게 뭐예요?"

"포탈."

포… 탈?

"그게 뭔데요?"

그녀는 음− 하는 소리를 내며 잠시 고민하더니 대답했다.

"획기적인 이동장치."

"……?"

설명은 그게 다인가요. 하는 생각을 하던 순간 그녀가 포탈로 들어갔다.

"레이첼 님?!"

놀라서 덩달아 포탈로 뛰어가며 소리치자 그녀가 다시 쑥 나오더니 내 손을 잡아끌었다.

"아니 잠깐… 네? 아니, 아니…"

무의식적으로 손을 빼려 힘을 주자 그녀가 차분한 목소리로 말했다.

"괜찮아."

그 말에 이상하게도 놀라 흥분됐던 마음이 진정되고 한결 차분해졌다. 그리고 몸에 힘을 빼고 여자가 이끄는 데로 따라갔다.

그 포탈인지 뭐시기는 곁으로는 그냥 허공을 걸어가는 것 같지만 직접 통과해보니 묘한 울렁거림과 함께 풍경이 한순간에 바뀌었다. 처음 느껴보는 감각에 어색했던 것도 잠시, 눈 앞에 펼쳐진 풍경에 입을 다물지 못했다.

그곳은 마치 잘 다듬어진 정원 같았는데 선명한 연둣빛 잎사귀와 아름다운 형형색색의 꽃들이 심어져 있었다. 살짝 고개를 들어보니 가을하늘처럼 그라데이션의 파란 하늘과 덥지 않고 따스한 봄날 햇살이 우릴 비추고 있었다. 방금까지는 어둡고 칙칙한 숲에 있다 와서 그런지 색이 더 선명해 보였다.

'엄청 아름답긴 한데 뭔가… 비현실적인 느낌?'

현실이 아니라 정령이나 요정이 살 것 같은 분위기라고나 할까.

"여긴 어디예요?"

내 말에 그녀는 희미하게 웃으며 말했다.

"내 보금자리."

또, 저 묘한 미소.

노력하겠다고 해놓고선 벌써…

그 사이 여자는 내 불만스러운 기분을 알아차렸는지 아, 하고 짧은 탄식을 내뱉고는 내 머리카락을 매만지며 말했다.

"미안."

"뭐가 미안한 줄은 알아요?"

"알아, 근데…"

그녀는 아랫입술을 살짝 깨물며 고민스러운 표정을 짓더니 이내 숨을 내뱉으며 말했다.

"아니다."

"뭐야, 말하다 말려는 거예요?"

"말해봤자 변명으로 들릴 말이거든."

변명이 뭐 어때서? 변명해야 할 땐 변명해야지.

아, 지금은 변명해야 할 때가 아닌가? 아니긴 한데…

"괜찮아요, 말해도 돼요."

'그래도 궁금하단 말이지.'

그녀는 의외라는 표정으로 나를 바라보다가 조심스럽게 입을 열었다.

"내 표정이 내 마음대로 잘되지 않거든."

그리고 내 앞머리를 뒤로 쓸어 넘기며 말을 이었다.

"특히 네 앞에서는."

"왜요?"

내가 뭐가 다른가?

"글쎄, 어려서 그런가."

"안 어리다니까요!"

어리다는 말에 발끈해서 소리치자 그녀가 낮게 웃었다.

"그래."

그녀는 이 말을 끝으로 뒤를 돌아 정원을 가로질러 걷기 시작했다. 나도 주위를 두리번거리며 구경하면서 그녀의 뒤를 따랐다. 그리고 잠시 정원을 구경하며 걷던 내 머릿속에 순간 한 가지 생각이 떠올랐다.

'그러고 보니 아깐 밤이었는데 여긴 낮이네?'

왜 그런지 생각을 해보아도 잘 모르겠어서, 여자에게 물어보기로 마음을 먹었다.

"레이첼 님."

그녀는 내 목소리에 잠시 걸음을 멈추고 뒤를 돌아보며 말했다.

"왜?"

"그… 아깐 밤이었잖아요. 근데 지금은 왜 낮이에요?"

"왜? 밤이 더 좋아? 밤으로 만들어줄까?"

"…네?"

잠깐, 그게 아닌데요. 그건 그렇고 어떻게 밤으로 만들…

당황한 내가 미처 그녀를 말리기도 전에 그녀가 가볍게 손가락을 튕겼다. 그러자 해가 마치 시간이 빠르게 흐르듯 움직여 지평선 너머로 사라짐과 동시에 반대쪽에서 초승달이 떠올라 방금까지 해가 있던 자리에 걸렸다.

'아…?'

믿을 수 없는 광경에 벙쪄있던 것도 잠시, 아까와는 또 다른 아름다운 풍경에 다른 의미로 넋을 잃고 멍하니 바라보았다. 낮에는 싱그럽고 화려한 아름다움이라면, 밤에는 은은하고 잔잔한 아름다움이랄까.

뭔가 표현이 이상한 것 같지만 아무튼 그런 느낌.

꽃들은 형형색색 색깔과 빛을 잃었지만, 그 모양과 향기만으로도 충분히 아름다웠고, 하늘에는 별이…

"와…"

아무 생각 없이 별을 보려 고개를 들어 올린 나는 다시 한번 크게 감탄했다. 구름 때문에 흐리멍덩하고 뿌연 하늘이 아니라, 짙은 남색과 검은색, 보라색이 어우러진 하늘에 노란색과 하얀색의 크고 작은 별들이 아름답게 흩뿌려져 있었다.

'별이 보석처럼 박혀있다는 표현이 과장이 아니었네.'

이렇게 하니까 진짜 그림 같아. 물론 현실적인 감각은 더 떨어졌지만.

"…바꾸길 잘했네."

멍하니 별을 보고 있던 나는 그녀의 목소리에 화들짝 놀라 위를 올려다보았다. 그러자 만족스러운 듯 옅은 미소를 짓고 있는 그녀가 보였다.

나는 감격에 겨운 말투로 중얼거리듯 말했다.

"진짜 예뻐요."

"그래?"

진짜? 하는 듯한 그녀의 말투에 나는 예쁘다는 걸 강조하게 위해 다시 한번 말했다.

"네, 진짜 진짜 예뻐요."

"그렇다면 다행이고."

그녀의 표정은 아까와 별 변화가 없어서 무슨 생각을 하는지 읽기가 힘들었다. 흠, 뭔가… 가면 쓰고 있는 것 같은 느낌이 자꾸 드는데.

애매하네…

내가 이런저런 생각을 하는 사이 그녀가 내 손을 잡고 걷기 시작했다. 잠시 걸어서 정원을 빠져나올 때까지 우리 둘 다 별다른 말은 하지 않았다. 그리고 적당히 정리된 흙길을 따라 조금 더 걷자 1층짜리 전원주택 한 채가 보였다. 밖에서 보이는 모습은 딱히 예쁘다는 생각이 들진 않았지만 그렇다고 좋지 않은 건 아니었다. 깔끔하고 모던한 느낌이랄까.

적당히 무난무난한 스타일.

'괜찮은데? 맘에 들어.'

흰색 외벽에 현대식 현관문은 깔끔한 느낌을 줬고, 옥상에 나무 윗부분이 보이는 걸 보니 정원인 것 같았다. 두리번거리며 외부를 구경하다 보니 금방 현관문 앞까지 도달했다.

"어때?"

문을 열기 직전, 그녀가 갑자기 내게 물었다.

"뭐가요?"

"집."

나는 아, 하고 씩 웃으며 장난스럽게 말했다.

"아직 내부는 안 봤잖아요."

내 말에 그녀는 옅게 미소 지었다.

"그런가."

그리고 현관문을 열었다.

아니, 열렸다고 해야 하나?

그녀가 현관문 옆벽에 설치되어 있는 작은 기계를 몇 초간 가만히 쳐다보자 문의 잠금이 풀렸다.

'신기하다.'

"어떻게 한 거예요?"

내 물음에 문이 열리고 안으로 들어가려던 그녀가 뒤를 돌아보며 말했다.

"홍채인식이라고 하면 알려나?"

"……?"

"홍… 뭐요?"

아, 내가 생각해도 너무 바보 같아.

지금까지 내가 무식하다고 생각한 적은 없었는데, 지금 그렇게 생각하고 있다. 그리고 그게 창피하다.

이런 내 맘을 알았는지, 그녀는 괜찮다는 듯한 말투로 부드럽게 말했다.

"이것도 나중에 가르쳐 줄게."

"…예."

고오-맙습니다. 말 안 해도 먼저 알아채 주서서.

이렇게 생각하며 그녀의 뒤를 따라 집 안으로 들어갔다.

내부는?

'오−.'

깔끔.

벽지는 거의 다 흰색인 데다가 가구도 많지 않아서 전체적으로 깨끗하고 정돈된 느낌이었다. 현관을 넘어서면 앞쪽과 오른쪽은 벽이고 왼쪽으로 돌면 그 상태에서 왼쪽에 거실, 오른쪽에 주방이 보이는 구조였다. 그리고 좀 더 들어가면 가운데에 복도를 중심으로 양쪽에 문이 4개가 있었고 마지막에는 옥상으로 이어지는 원형 계단이 있었다.

'원형 계단은 처음 봐.'

예쁘다. 뭔가 고풍스러운 집에 나올 것 같은 모양이지만 계단 역시 흰색이라 그런지 이 집에도 잘 어울렸다.

내가 여기저기 구경하는 사이 그녀가 겉옷을 거실에 놓고 주방으로 들어가다가 문득, 뭔가 생각이 난 듯 멈칫하며 내게 물었다.

"너, 이름이 있니?"

아, 이름…

나는 난감하다는 듯한 표정을 지었다. 사실 난 이름이 없다. 내 부모가 누군지도 모르고 길거리에서 살아온 데다가, 누가 날 부를 일도 없었으니까 말이다.

하지만 이름이 없다고 하면 사람들의 반응은 다 똑같다. 처음에는 놀라고, 그다음엔 의문을 표하며 이유를 묻는다. 그것만으로도 기분이 좋지 않은데, 이유를 이야기하고 나면 사람들은 묘한 눈빛으로 날 쳐다본다.

결코 좋지 않은 눈빛으로.

그걸 대놓고 드러내는 사람도 있고, 되려 아무렇지 않은 척하는 사람들도 있다. 가끔은 아무렇지 않은 척하면서 돌려 까는 사람도 있는데, 내가 못 알아들을 거라고 생각하는 건지 일부러 짜증 나게 하려는 건지는 지금 생각해도 모르겠다.

'이 사람도 그러지 않을까?'

잠깐이긴 하지만, 그런 눈빛을 받는 건 싫은데.

내가 머뭇거리며 대답하지 않자 그녀는 나를 뚫어져라 쳐다보았다. 말할 때까지 기다리겠다는 의지를 표하며 말이다.

'어쩔 수 없지.'

그렇게 결심하고도 몇 번 더 입을 달싹이던 나는 마침내 입을 열었다.

"전 이름이 없어요."

참았던 말을 내뱉듯 빠르게 말한 후 눈을 질끈 감았다. 그 기분 나쁜 시선을 받기 싫으니 차라리 보지라도 말자는 생각이었다.

이제 그녀의 표정도 점점 굳어지겠지, 아니면 왜?라는 얼굴을 하거나. 그리고 그 기분 나쁜 눈빛으로 날 보겠지.

"그럼 이름을 하나 새로 지어야 되겠네."

그녀의 부정적인 반응을 생각하고 있던 나는 생각보다 차분한 그녀의 목소리에 깜짝 놀라 눈을 떴다. 그러자 그녀의 표정이 눈에 들어왔다.

의문을 표하지도, 이상하게 생각하지도 않는 아무렇지 않은 듯한 표정.

"혹시 하고 싶은 이름이 있어?"

아무렇지도 않아 보이는 그녀의 반응에 오히려 내가 당황했다. 뭐지? 이 사람은 이름이 없는 게 당연하다고 생각하나?

"…이상하다는 생각 안 해요?"

내가 내뱉은 말에 되려 내가 당황했다. 왜 이런 말을 하는 거야? 난 저 사람이 날 이상하다고 생각하길 바라나? 아니, 그건 절대로 아닌데. 날 이상하지 않게 바라보길 원하는데…

내 머릿속이 혼란에 빠지기 시작할 쯤에, 그녀가 작게 한숨인지 웃음인지 모를 것을 내뱉고는 나에게 다가와 말했다.

"왜? 내가 이상하다고 생각해야 하나?"

"아뇨, 그건 아니지만…"

나도 모르겠어요. 이름이 없다고 했을 때 이상하다고 하는 게 정상인가? 아닌가?

"…모르겠어요…"

나도 모르게 목소리가 조그맣게 나왔다. 그러고는 고개를 살짝 숙였다. 뭔가 잘못한 것도 없는데, 눈을 마주치기 겁이 났다. 괜한 말을 했나, 제발 그냥 넘어가 주면 좋을 텐데.

이런 내 맘이 무색하게 그녀의 손이 내 머리카락을 쓰다듬기 시작했다. 처음에는 움찔했으나 곧 부드러운 손길에 긴장이 풀어졌다.

'아, 진짜 이건 기분이 너무 좋단 말이지.'

아마 내가 화가 머리끝까지 나도 머리를 쓰다듬어주면 풀릴 것 같다는 생각까지 드니까.

기분 좋게 머리를 쓰다듬어지고 있는데, 어느 순간 휑한 느낌이 들어 고개를 들어보니 그녀가 뒤를 돌아 다시 주방으로 향하고 있었다.

아무것도 묻지 않고, 아무 말도 하지 않고.

'고마워요.'

아무 말도 하지 않아서 고마워요.

뭐라 물어봐도 대답하기 애매하니까.

나도 슬금슬금 거실로 나와 소파에 털썩 주저앉았다. 그리고 말없이 주방에서 움직이는 그녀를 바라보았다. 그녀는 냉장고를 열어 보더니 뒤도 돌아보지 않고 내게 물었다.

"인간 음식은 먹을 수 있지?"

"네… 아마도요."

인간 음식을 먹어본 적은 있지만, 많이 먹진 않았으니까 혹시 먹기 힘든 게 있을 수도 있지 않을까 싶은 생각이 들기도 하고…

"배고프니?"

"배고프진 않고… 목이 좀 마른데요."

목이 마르다.

나한테 목이 마르다는 것은 물을 먹고 싶다는 것이 아니다. 달콤하고 향긋한, 몇 번을 먹어도 질리지 않는 것.

피.

피를 마시고 싶다.

아까까진 괜찮았는데, 목마름을 인지하고 나니까 더 갈증이 나기 시작했다. 그녀도 내 말뜻을 알았는지 얼굴이 살짝 굳었다.

"사냥… 이라도 해올까요."

"안 돼."

나는 당황해서 눈을 빠르게 깜박거렸다. 안 된다고? 하지만 난…

"그럼 어떡해요?"

"맞네, 그거에 대해서 한 가지 말할 게 있었는데."

그녀는 가볍게 한숨을 쉬더니 냉장고를 살피던 손을 놓고 뒤를 돌아 나를 바라보며 말했다.

"나랑 같이 지내 때 한 가지 규칙이 있어."

규칙이란 말에 조금 움찔한 나는 그래도 한 가지 정도면 괜찮지 않을까 하고 생각했지만 그런 생각은 그녀의 뒷말을 듣자마자 깨져버렸다.

"이유 없는 살생은 하지 않을 것."

이유 없는 살생을 하지 말라?

"…그게 무슨 말이에요?"

한 번에 이해가 되지 않아 나는 눈을 깜박이며 의아한 표정을 지었다. 그러자 그녀가 추가로 설명을 해주었다.

"아무 이유 없이 사람을 죽이면 안 된다는 말이야."

"근데 제가 필요하면요?"

"그래도 안 돼."

말도 안 되는 소리였다. 뱀파이어는 주기적으로 반드시 피를 섭

취해야 하고, 뱀파이어에게 피를 빨린 인간은 무조건 죽을 수밖에 없었다. 따라서 피를 섭취하면서 인간을 죽이지 않을 수 있는 방법 따위는 없었다.

"말도 안 돼요! 그럼 전 어떡하라고요? 전 피가 반드시 필요하단 말이에요!"

"알아, 나도 잘 알고 있어. 그리고 추가로, 네가 사람을 죽일 수 있는 경우는 하나야. 그 사람이 너에게 죽을 만큼의 죄를 지었을 경우."

"하지만 그런 사람들만 골라 사냥할 순 없을뿐더러…"

"피가 필요한 문제는 내가 해결해 줄 거야."

뭐라 따지려던 나는 곧 입을 다물었다. 그녀가 주방에 놓여 있던 식칼 하나와 유리컵 한 잔을 꺼냈기 때문이었다. 나는 어리둥절하여 그녀가 뭘 하려는 건지 멍하니 보고 있을 뿐이었다. 그녀는 아일랜드 식탁 위에 유리컵을 내려놓고는 칼을 들고 한쪽 팔의 소매를 걷어 올렸다.

'아?'

잠깐잠깐 잠깐잠깐, 지금 뭘 할지 예상이 되는데 잠깐만요? 진짜요? 아니죠?

설마 세상에 자기가 스스로 자기 팔을 그을 사람은 존재하지 않을…

당황한 내가 그녀를 말리기도 전에 그녀가 들고 있던 칼이 호선을 그리며 그녀의 팔에 긴 상처를 냈다. 그걸 보고 나는 깜짝 놀라

새된 목소리로 소리쳤다.

"미쳤어요?!"

벌떡 일어나 그녀에게 뛰어가자 그녀가 반대쪽 손을 내저으며 말했다.

"이 정도는 괜찮아."

그 목소리가 너무나도 차분하다 못해 차가워서 오싹함을 느낀 나는 떨리는 눈동자로 그녀는 올려다보았다.

한 치의 흔들림 없이 고요한 붉은 눈동자.

그 눈을 보고 있다 보니 한없이 쿵쾅대던 심장이 조금씩 진정되는 것 같았다. 하지만 원초적인 두려움마저 사그라든 것은 아니었다. 아직도 큰소리로 두근대며 자신의 존재를 알리고 있는 심장 소리가 귓속에서 적나라하게 울려 퍼졌다.

인간들은 피를 많이 흘리면 죽지 않던가. 물론 그녀는 나와 비슷하니 괜찮을지도 모르지만 그래도… 무서웠다. 다른 인간을 죽인 때는 아무렇지 않았던 심장이 지금은 미친 듯이 두근거렸다.

"…괜찮아?"

그녀의 목소리에 퍼뜩 정신이 든 나는 그녀를 가만히 바라보았다. 그녀는 나를 묘한 눈빛으로 나를 보고 있었다. 나는 그녀의 표정에서 그녀가 어떤 생각을 하는지 전혀 읽을 수가 없었다. 하지만 그녀가 불안한 눈빛으로 보고 있다는 것은 간신히 알아챌 수 있었다.

"너 혹시…"

그녀는 나를 바라보며 조금 뜸을 들이다 말을 이었다.

"네 주위 사람이나 소중한 사람이 죽는 걸 본 적 있니?"

주위 사람? 나한테 소중한 사람?

나는 고개를 저었다. 아니, 저으려고 했다. 그런데 갑자기 목에 무언가 꽉 막힌 기분이 들었다. 무언가 단단히 막혀 있어서, 목소리가 나오질 않았다. 억지로 목소리를 내려 힘을 주니, 목소리는 나왔지만 눈물도 함께 나왔다.

"아뇨, 그게, 그게, 흐윽… 모르겠어요. 제가 기억하기론 없는데…"

근데 왜 이렇게 눈물이 나오는 걸까요. 왜 이렇게 슬픈 걸까요.

그녀는 내가 우는 걸 보더니 상처가 나지 않은 손을 내게로 뻗었다. 그러자 나는 뭐라 할 새도 없이 그녀에게 다가가 그녀의 품에 안겨서 울었다.

최대한 울음을 참으려고 노력했지만 꺽꺽대는 이상한 소리만 나올 뿐 별로 달라지는 건 없었다. 나는 몇 번 더 시도해 보다가 지난번에 그랬던 것처럼 언젠가는 멈추겠지라는 생각으로 맘 놓고 울었다.

그녀의 품에 안겨 울던 어느 순간 코끝에서 풍기는 달콤한 향기에 눈을 떠보니 내 눈앞에 붉은 피가 투명한 유리잔에 가득 차 있는 채로 찰랑거리고 있었다.

'맛있겠다.'

나도 모르게 한 손으로 잔을 받아들고 곧바로 들이켰다. 그러자 따뜻하고 달콤한 액체가 식도를 타고 내려가는 것이 느껴졌다.

'달다.'

맛있다. 왜인진 모르겠지만 다른 인간들의 피보다 훨씬 맛있어.

직접 사냥해서 피가 밖으로 흐르기 전에 먹는 것보단 덜 따뜻한 게 좀 아쉽지만 뭐, 이 정도면 훨씬 낫지. 귀 찢어질 듯한 비명도 안 들어도 되고, 도망치는 거 귀찮게 잡을 필요도 없고.

한 번에 다 마시자 갈증이 싹 가셨다. 또한 어느새 눈물도 그쳐 있었다.

"맛있나 보네."

혀로 입가에 묻은 피를 훑다가 들린 그녀의 목소리에 그녀를 바라보자 그녀가 흐뭇한 얼굴로 나를 보고 있었다.

"네, 완전 달아요. 그리고⋯"

아, 맞다.

그렇게 말하던 순간 머릿속 한구석에서 불이 켜졌다.

"괜찮아요?"

유리잔 하나를 다 채울려면 피를 많이 흘렸을 텐데.

내 물음에 그녀는 나를 빤히 쳐다보며 당연하다는 듯한 어조로 말했다.

"약해빠진 인간이면 몰라도 난 그 정도 피 흘린다고 안 죽어."

그러니 안심해, 하는 뒷말이 삭제된 것 같지만 난 충분히 알아들을 수 있었다. 음, 그리고 보니 그렇게 하고도 안색이 나쁘지 않아 보였다.

⋯괜히 호들갑 떤 건가. 그것도 아주 크게.

"자, 그럼 이제."

그녀가 말하는 바람에 내 생각은 거기서 그쳤다. 그녀는 시계를 한번 보고선 말을 이었다.

"…갈 시간인데."

"간다고요? 어딜 가요?"

"일하러."

일…

"저도 같이 가면…"

나는 저도 모르게 말꼬리를 흐렸다. 내가 말을 시작하자마자 그녀가 나를 빤히 쳐다보았기 때문이다. 음, 역시 일 하는 데 따라가는 건 좀 그런 건가… 그런 생각에 나는 황급히 뒷말을 덧붙였다.

"…안 되겠죠."

"응. 안 돼."

내 말에 그녀는 즉답했다. 예상한 말이긴 했지만 직접 들으니 뭔가 불편했다. 그러자 나도 모르는 마음 한편에 왠지 모를 오기가 삐쭉 고개를 내밀었다.

"…왜요?"

입을 살짝 삐쭉 내밀며 말하자 그녀가 잠시 생각하는 듯하더니 곧 입을 열었다.

"넌 눈에 빨갛잖아."

"그치만 레이첼 님도 빨갛잖아요."

"맞지, 하지만 넌…"

그녀는 그녀답지 않게 말꼬리를 흐렸다. 그에 살짝 짜증 비스무리한 게 난 나는 대답을 재촉했다.

"전, 뭐요?"

그녀는 얼굴을 살짝 찡그리더니 작게 한숨을 쉬고 말했다.

"일단 좀 앉자. 말이 길어질 것 같으니까."

그녀는 주방을 나와 거실 소파에 풀썩 주저앉았다. 나도 그녀를 따라 거실로 나와 그녀의 옆에 조심스럽게 앉았다. 그녀는 내가 소파에 앉는 걸 확인하자마자 말을 이었다.

"잘 들어. 지금 네 모습은 누가 봐도 뱀파이어야. 그리고 인간들은 뱀파이어를 싫어하고."

인간이 뱀파이어를 싫어한다는 건 나도 아주 잘 알고 있다. 또한, 나도 인간을 싫어한다.

"중요한 건, 나와 일하는 사람들을 대부분 인간이야."

"근데 왜 레이첼 님은 괜찮아요?"

인간은 뱀파이어를 싫어한다며, 근데 레이첼 님은 누가 봐도 뱀파이어 아닌가? 눈이 붉잖아?

그녀는 이런 내 생각을 읽은 듯이 말했다.

"난 눈만 붉지, 나머진 비슷하니까. 하지만 넌 아냐. 넌 피부도 창백하리만큼 하얗고, 이도 뾰족하잖아."

"눈만 붉으면 다 뱀파이어 아니에요?"

"아니야. 드래곤 중에도 눈이 붉은 종이 있고, 예외도 있어."

뱀파이어 말고도 눈이 붉은 종족이 있다는 이야긴 처음 들었다.

그렇군, 하지만 예외라니?

"예외라뇨? 예외랄 게 있어요?"

"당연히 있지."

"뭔데요?"

"섞인 경우."

'섞여? 뭐가?'

이해가 안 돼 미간을 살짝 찌푸리자 그녀가 설명을 덧붙였다.

"피가 섞인 경우. 예를 들면 드래곤과 뱀파이어가 다른 종족과 섞이면 붉은 눈을 가진 아이가 태어날 가능성이 있지."

"그렇군요…"

"뿐만 아냐, 간혹 다른 종족에서 이유 없이 붉은 눈을 가진 아이가 태어날 때도 있어."

"그건 또 왜 그래요?"

"몰라. 먼 조상 중에서 뱀파이어나 드래곤이 있거나 뭔가 잘못 태어났거나, 그런 것일 거라고 추측은 하고 있지만."

"잘못 태어났다뇨. 레이첼 님, 말이 심해요."

내 말에 그녀는 "그런가?" 하고 말하며 어깨를 으쓱였다.

"진짜 그런 걸 수도 있으니까, 뭐."

"그래도…"

잘못 태어났다뇨, 어감이 좀 많이…

"아, 이제 진짜 가야 돼."

그녀가 소파에서 벌떡 일어나 가볍게 팔을 위로 쭉 뻗어 스트레

칭을 하며 말했다.

그녀의 말에 나는 또다시 불안해졌다. 물론 왠지는 모르지만 아까보다는 많이 나아지긴 했다. 그치만 뭔가 가지 않았으면 하는 이기심이 자꾸 드는 건 왜일까…

"가면 언제 와요?"

"글쎄, 그래도…"

그녀는 겉옷을 챙기며 잠시 생각하는 듯하더니 곧 말을 이었다.

"하루 정도는 못 올 것 같은데."

"그럼 전 뭐해요?"

밖에 나갈 수 있으면 몰라도 지금 여기는 내가 있던 곳과는 다른 곳일 텐데?

'심심할 것 같단 말이지.'

"자."

"네?"

"한숨 자, 그리고 나 부를 일 있으면 이거 쓰고."

그녀는 내게 팔찌 하나를 내밀었다. 비슷한 크기의 무색 구슬들이 투명한 것과 불투명한 것이 섞여 있는 팔찌였다.

"이게 뭔데요?"

"팔찌 차고 거기 제일 큰 구슬 한번 눌러봐."

나는 그녀의 말대로 해보았다. 그러자 작게 달칵- 하는 소리가 나더니 허공에 하늘색 화면이 떴다.

"우와- 이게 뭐예요?"

"음, 통신장치 같은 건데 나중에 하나씩 알려줄게. 지금은 하나만 알려줄 테니까 잘 들어."

안 그래도 귀 쫑긋하고 듣고 있어요.

"여기 전화기 모양 버튼을 누르면 나한테 연락이 올 거야. 그러면 멀리 떨어져 있어도 목소리를 들을 수 있어. 그다음에 이 말풍선 모양 버튼을 누르면 문자라는 걸 보낼 수 있는데…"

설명을 집중에서 듣고 있던 나는 갑자기 설명이 끊기자 의아한 얼굴로 그녀를 쳐다보았다. 그러자 그녀는 조금 난감한 얼굴로 내게 물었다.

"너 글 쓸 줄 아니?"

"네. 어느 정도는요."

나의 대답이 뜻밖이었는지 레이첼 님의 눈이 아주 살짝 커졌다. 하지만 순식간에 원래대로 돌아오더니 차분히 설명을 이어갔다.

"그럼 여기에 텍스트로 글을 쓰면 그게 나한테 보내질 거야. 여기까지 이해됐어?"

"네…에. 이해됐어요."

내 말에 그녀는 옅은 미소를 지었다.

"그럼 됐어."

그녀는 아까 입었던 것과는 다른 겉옷을 입고는 현관으로 향했다. 그리고 문을 열고 나가기 직전, 툭 던지듯 한마디를 내뱉고는 완전히 나가버렸다.

"심심하면 네 이름 뭐로 할지 생각해 보고 있어 봐."

아, 내 이름…

확실히, 꼭 정해야 되긴 하니까.

'뭐로 할까, 뭐가 있으려나…'

근데 솔직히 뭘 알아야 이름도 정하든 말든 하지, 아무것도 모르는데 생각해 보라 하시면…

나는 소파에서 뒹굴며 천천히 생각해 보았다. 어차피 남아도는 게 시간이니까.

[레이첼]

그 아이를 집에 데려다 놓고 나서 포탈을 열어 내 저택 근처에 도착했다. 하늘을 보니 벌써 동이 트기 시작해 하늘은 주황빛으로 아름답게 물들어 있었다. 그리고 나는 머릿속에 헤엄쳐 다니는 생각들을 천천히 정리해 보았다.

'중요한 건 다 기지로 옮겼고, 정리할 건 다 했으니 괜찮을 것 같고… 그 아이는 나중에 더 생각해 봐야지…'

그리고 가장 중요한 건…

'애들도 옮겨야지.'

벌써부터 한숨이 나왔다. 그 말썽꾸러기들을 어찌해야 하나…

[이로]

"어딜 갔다 오셨길래 웬일로 외박이야?"

나는 기지 입구에서 팔짱을 끼고 레이첼을 맞이(?)하고 있었다. 사실 딱히 상관할 건 아니었지만 밖에서 대포 연습을 하다 돌아오는 레이첼과 딱 마주치자 어쩐지 놀려주고 싶은 마음이 들었다.

레이첼은 자신의 앞을 가로막는 내가 어이없다는 듯 한쪽 눈썹을 치켜올리며 말했다.

"내가 뭘 하든 네가 무슨 상관인데?"

"상관은 없지만, 물어보지도 못하냐?"

혀를 살짝 내밀며 장난스러운 표정을 짓자 레이첼의 얼굴도 조금 풀어졌다.

"뭐가 궁금한데?"

"음, 네가 뭘 그렇게 바쁘게 하고 다니는지?"

내 말에 레이첼은 눈을 가늘게 뜨고 나를 쳐다보았다.

"네가 할 일을 다 내가 하고 있으니까 당연히 바쁘지."

"...엉?"

왠지 날 탓하는 듯한 눈빛에 부모님께 이름 불린 어린아이가 된 기분으로 황급히 머리를 굴려보았다.

"내가 할 일이 있던가?"

내 물음에 레이첼은 나를 뚫어져라 쳐다보며 말했다.

"네가 반란군 창설에 기여하고 있는 일을 한 가지라도 대봐."

"…금전 지급?"

레이첼은 표정 하나 달라지지 않고 나를 쳐다보았다. 마치 더 할 테면 해보라는 듯이. 그러고 보니 돈을 대주는 건 함께 반란을 일으키기로 합의한 이상 거의 당연한 것이라는 사실과, 그렇게 따지니 내가 하는 일이 딱히 없음에도 반란군 창설이 별문제 없이 진행되고 있다는 사실을 깨달았다.

"자금을 대는 일, 인원 모으는 일, 중요한 서류나 정보 정리하는 일들 전부 내가 하고 있어."

레이첼의 집요한 눈빛을 계속 받고 있으려니 등에 식은땀이 나기 시작했다.

"혹시나 일하고 싶은 마음이 들면 얘기해. 일은 얼마든지 있으니까."

"아, 아냐. 정중히 사양할게."

황급히 손을 내저으며 정중히 거절하자 레이첼은 피식 웃었다.

"가론은?"

"안에 있을걸?"

"어디?"

"몰라?"

두서없는 대화가 오가자 레이첼은 나를 가볍게 밀치고 기지 안으로 들어갔다. 나 참, 말로 하면 어디가 덧나나.

나는 재빨리 한 치의 망설임도 없이 수련실 쪽으로 향하는 레이첼의 뒤를 쫓았다. 레이첼이 수련실 문을 거침없이 열자 안에서 연습하고 있는 가론 형이 보였다. 가론 형은 여러 번 높이 점프하며 허공에서 몸을 비틀고 있었는데 나름 뭔가 연습하고 있는 것이겠지만 다른 사람이 볼 때는 좀 우스워 보이는 모습이었다.

"뭐하냐?"

레이첼이 그런 가론 형을 어이없다는 듯이 쳐다보며 말했다. 그러자 그사이 착지한 가론 형이 우릴 바라보며 창피한 듯 잠시 얼굴에 붉어지더니 곧 애써 아무렇지 않은 척하며 말했다.

"허공에서 방향을 틀 수 있는지 시험해보고 있었는데."

"그런데 왜 서커스를 하는 듯한 모양새가 됐지?"

"…잘 안되더라고."

변명하듯 빠르게 말을 내뱉은 가론 형은 레이첼을 보며 잘됐다는 듯이 말했다.

"마침 잘됐다, 너 지난번에 그거 어떻게 한 거야?"

"뭘?"

"그, 지난번에 대련할 때 있잖아. 허공에 발차기하면서 도움닫기 하는 거."

"뭐… 아."

고민하는 듯 고개를 갸웃거리던 레이첼은 곧 뭔지 알겠다는 표정이 되었다.

"그건 왜?"

"아니, 뭐. 별건 아닌데. 그거 알려줄 수 있어?"

"…뭐?"

가론 형의 말에 한 박자 늦게 레이첼의 대답이 돌아왔다. 레이첼의 어이없어하는 표정을 보는 건 재미있는 구경이라, 나는 속으로 킥킥 웃으며 즐겁게 그 둘을 지켜보았다.

"왜?"

"아니 뭐, 꽤 유용해 보이던데? 시간도 많은데 배워볼까 해서."

말을 끝낸 가론 형은 아치 싶은 얼굴로 덧붙였다.

"반드시 해라는 건 아니고, 그냥 되면 되는 거고, 아님 마는 거지."

"부탁 정도로 받아들이면 되나?"

"어― 거기까진 아니고."

가론 형의 말에 레이첼은 가볍게 얼굴을 찌푸렸다가 천천히 풀며 무시를 머금은 어투로 말했다.

"알려줘도 못 할걸?"

"왜?"

"마력이 있어야 쓸 수 있는 거니까."

레이첼의 말에 가론 형의 얼굴이 불만스럽게 구겨졌다. 그도 그럴 것이 마력은 보통 간부들과 그들의 자녀한테만 발현된다. 가끔씩 평민도 발현될 때가 있지만 대체로 실력을 키우기 전에 간부가 보낸 암살자에게 죽기 때문에 사실상 마력을 이용한 기술인 마법은 간부들만 쓸 수 있는 것이나 다름없기 때문이다. 그런 마력을 평민 출신인 가론 형이 쓸 수 있을 리가 없으니 알려준다 쳐도 쓸모가 없는 것이다.

"으음, 아쉽네. 쓸데가 많을 것 같았는데."

"그게 뭔 줄 알고?"

"뭐든 간에 허공에 벽이 있는 것처럼 할 수 있다면 활용 가능성은 무궁무진하지."

가론 형이 아쉬운 듯한 표정을 지었다. 잠깐의 침묵이 오간 후 레이첼이 말했다.

"아, 그리고 얘기할 게 하나 있는데."

레이첼의 말에 가론 형과 나 모두 레이첼을 쳐다보았다. 레이첼은 잠시 뜸을 들였다가 말을 이었다.

"이로랑 나는 각자의 저택에 있는 걸 다 정리했는데."

COAD에 들어가서 직급이 4급 이상이 되면 저택을 받게 되는데, 보통은 그것을 자신의 집처럼 쓰는 것이 일반적이었다. 그러므로 현재 COAD 소속인 레이첼과 나도 각자 저택을 소유하고 있었다.

"거기서 일하는 웬만한 사람들은 그대로 놔둘 건데, 데려올 사람들이 몇 명 있거든."

나는 레이첼의 말뜻을 알고 살짝 움찔했다. 오늘 밤이 넘어가면 필시 우리의 정체가 알려질 것이고, 그렇게 되면 우리의 저택 역시 당연히 압수수색을 당하게 된다. 그리고 저택에서 일하던 주방장이나 시녀 같은 이들은 모조리 잡혀가게 될 텐데… 피도 눈물도 없는 그들이 정보를 얻기 위해 가장 효율적인 방법인 고문을 쓰지 않을 리 없다. 덤으로 그들이 죽는 건 더더욱 신경 쓰지 않을 것이고. 그걸 뻔히 알면서도 그대로 남겨두겠다는 건, 그들이 죽는 걸 신경 쓰지 않겠다는 말과도 같은 것이었다.

'그래도 매일 마주치던 사람들인데 전혀 신경 쓰지 않는다니, 나보다 더하네.'

물론 싸움이나 전투에 있어서 냉정함이란 약점보다는 장점이 될 때가 많긴 하지만…

"그들을 여기로 데려올까 하는데, 괜찮지?"

동의를 구하는 듯한 말투이긴 하지만 난 알고 있었다. 동의가 아니라 통보에 가깝다는 걸. 사실 여기서 우리가 반대한다 해도 결과에는 별 영향을 미치지 못할 것이라는 것을 난 잘 알고 있었다.

가론 형도 그것을 어렴풋이 눈치챘는지, 의구심을 품은 눈빛으로 레이첼에게 물었다

"우리한테 선택권이 있긴 한 거 맞아?"

"있지, 자신의 의견을 말할 정도의 선택권."

가시가 있는 레이첼의 말에 가론 형은 작게 미간을 찌푸리며 말했다.

"나 참… 뭐, 상관없어. 인원이 늘면 우리야 좋으니까. 근데 데려올 사람이 누군데 그래?"

가론형의 물음에 레이첼이 묘한 미소를 띠며 말했다.

"들어와, 얘들아."

[가론]

끼이익―

두꺼운 문이 열리며 한 여자, 아니 소녀가 들어왔다. 그 뒤로 소녀와 비슷한 또래의 아이들이 차례로 들어왔다. 남자아이도 있고, 여자아이도 있었는데 그중 마지막에 들어온 남자아이가 특히나 어려 보였다.

당황한 나는 눈을 빠르게 깜박이다 간신히 입을 열었다.

"뭐야?"

그러자 레이첼이 아주 태연한 얼굴로 말했다.

"앞으로 자주 만날 텐데, 인사라도 하는 게 좋지 않겠어?"

"그렇다고 지금 당장일 필요가 있어?"

"빠를수록 좋지."

레이첼은 이렇게 말하고 뒤를 돌아 아이들을 바라보았다.

"얘들아, 인사해. 이름이랑 나이 말하면 돼."

나는 시선을 옮겨 다시 아이들을 바라보았다. 모두 10대 중후반 정도되 보이는 7명의 아이들이었다.

'…남자아이 다섯에 여자아이 둘이라.'

레이첼의 말이 끝나자 맨 처음 들어왔던 여자아이가 살짝 앞으로 나왔다. 어깨를 넘는 갈색 머리카락과 밝은 하늘색 눈동자를 가진 여자아이였다.

"안녕하세요. 17살 키에트라고 합니다. 잘 부탁드립니다."

그러고는 상체를 숙여 예의 바르게 인사했다. 그 아이, 아니 키에트의 목소리는 아주 부드럽고 차분했다. 듣고 있으면 포근하고 따뜻한 봄이 떠오르는 목소리였다.

　　나도 따라 인사를 해야 하나 망설이던 그때, 살짝 뒤쪽에 서 있던 키가 크고 제비꽃색 눈동자에 아름다운 은발을 가진 남자아이가 건성으로 말했다.

　　"19살, 루이입니다."

　　모르는 사람이 봐도 등 떠밀려 마지못해 한다는 느낌을 주는 짧은 인사였다. 그 루이라는 아이는 상체를 숙이지도 않고 고개만 살짝 까딱이는 걸로 인사를 대신했다. 순간 저 버릇없는 녀석에게 한소리 할까 말까 심각하게 고민하다가 첫 만남에 그러는 것은 좀 아닌 것 같아 관두었다.

　　그다음은 허리까지 오는 연한 살구색의 머리카락과 눈동자를 가진 발랄해 보이는 여자아이였다. 그 아이는 허리를 거의 90도로 숙이며 나름 우렁찬 목소리로 말했다.

　　"안녕하세요! 16살 아이르입니다. 만나서 기쁘고 앞으로 잘 부탁드립니다!"

　　절로 입가에 웃음이 걸리는 인사였다 씩씩한 게 맘에 들기도 하고. 아무튼 방금 전에 했던 얘와 비교하면 아주 예의 바른 인사였다.

　　아이르의 인사의 여파가 조금씩 옅어지자 그 옆에 있던 옅은 갈색에 가까운 주황톤 머리카락에 주황색 눈동자를 가지고 있는 남자아이가 느릿한 목소리로 말했다.

"올해로 16살, 슬리브라고 합니다. 잘 부탁드립니다."

음… 얘는 약간…

나무늘보에 잠꾸러기 같은 느낌.

슬리브의 인사가 끝나자마자 연이어 요란한 목소리가 터져 나왔다.

"15살 켄트입니다!"

"켄트랑 동갑인 로이라고 합니다!"

켄트는 초록색 머리카락에 연두색 눈동자를 가진 남자아이이고, 로이는 검은 머리카락에 밝은 노란색 눈동자를 가진 남자아이였다. 인사를 하고 나서 다음 차례를 기다리려는데 갑자기 로이와 켄트가 서로를 째려보더니 큰소리로 외쳤다.

"야! 내가 먼저 하기로 했잖아!"

"내가 언제? 네가 가위바위보 할 때 늦게 냈잖아! 그건 무효지!"

둘의 목소리가 너무 커서 살짝 얼굴을 찡그리자 레이첼이 검지를 자신의 입에 가져다 대며 주의를 주었다.

"로이, 켄트. 쉿."

"네…"

"네에…"

몸집은 작은데 목소리는 왜 이리도 큰지. 나는 레이첼에게 고맙다는 눈빛을 보냈다. 레이첼은 날 보고도 별 반응을 하지 않았지만 말이다.

이제 마지막 아이의 차례였다. 그 아이는 허리까지 내려오는 검은 머리카락에 민트색 눈동자를 가진 예쁘장한 남자아이였는데, 인사는커녕 먼 산만 쳐다보고 있을 뿐이었다.

그 때문에 한참 동안이나 침묵이 이어지자 모두의 시선이 그 아이에게로 쏠렸다.

'제일 어려 보이는데.'

다른 아이들은 못해도 15살은 넘는데, 그 아이만 유독 작아서 10살에서 11살쯤으로 보였다. 아이가 계속해서 아무 말도 하지 않자 레이첼이 그 아이에게 조용히 다가가 허리를 굽혀 눈높이를 맞추고 무언가를 속삭였다. 그러자 아이를 고개를 저었고, 레이첼이 다시 무언가를 작게 말하자 이번에는 고개를 끄덕였다.

레이첼은 다시 허리를 펴고 일어나며 다른 아이들한테 말했다.

"다들 잘했어. 잠깐 집에 가 있을래? 이따가 갈게."

"네."

레이첼의 말이 끝나자 아이들이 슬금슬금 밖으로 빠져나가기 시작했다. 다른 아이들이 다 나가고 마지막으로 키에트가 나가려 하자, 레이첼이 그 아이를 잠깐 부르고는 아까부터 내내 말을 안 하던 아이를 넘겨주었다.

"네가 리트 좀 데려가 줄래?"

"네. 레이첼 님."

'저 애 이름이 리트였구나.'

키에트는 부드럽게 웃으며 리트를 데리고 나갔다. 그들을 마지막으로 아이들이 모두 나가자 레이첼이 가볍게 한숨을 쉬며 안타깝다는 어조로 중얼거렸다.

"리트…"

그때 한 가지 의문이 떠오른 나는 레이첼에게 물었다.

"아까부터 물어보고 싶었는데, 쟤네 대체 뭐야?"

"뭐긴, 레이첼의 애들… 악!"

오해의 소지가 다분한 말을 하던 이로는 말을 끝맺지 못했다. 어느새 이로 뒤로 이동한 레이첼이 뒤통수를 후려쳤기 때문이었다. 내가 빤히 레이첼을 쳐다보자, 레이첼이 살짝 얼굴을 찡그리며 말했다.

"오해하지 마. 애 없어."

"아야야… 이씨, 말로 하면 어디가 덧나냐?"

"그래서 쟤네는 누군데?"

투덜거리는 이로의 말은 레이첼과 나의 대화로 인해 간단히 묵살되었다. 내 물음에 레이첼이 간단한 설명을 시작했다.

"고아들이야. 내가 길거리에서 고아들 보면 그중에 몇 명은 데려와서 돌봐주거든."

"…왜?"

"특별히 눈길이 가거나 불쌍하거나, 그런 걸 계기로 데려오지. 물론 당사자의 동의는 구하고 하는 거니까 오해는 사절."

"근데 걔네가 여긴 왜 와?"

여긴 반란군 기지잖아? 라는 물음을 품은 나의 말에 레이첼은 퉁명스러운 말투로 말했다.

"그럼 두고 올까?"

"…아니."

그래도 아직 어린 애들인데 두고 오는 건 좀.

"솔직히 맘 같아선 여기에 데려오고 싶진 않았는데 애들이 하도 졸라서 어쩔 수 없이 같이 왔어. 자기들도 데려가라고 얼마나 난리를 쳤는지.

"잠깐, 그럼 쟤들도 여기가 어떤 곳이고 왜 왔는지 알고 있단 소리야?"

이로의 물음에 레이첼은 고개를 끄덕였다. 그러자 이로가 어이없는 표정으로 말했다.

"미쳤냐? 끽하면 죽을 수도 있는데 그걸 왜 데려온 거야?"

"아서라, 난 말렸거든?"

레이첼의 말에 이로는 어이없음을 넘어 황당한 표정이었다.

"내가 말렸는데 쟤네는 어떻게 온 거야?"

"어떻게 왔긴, 내 말 무시하고 온 거지."

"그래도 데려오면 안 되지! 쥐도 새도 모르게 죽기 딱 좋은 곳에 왜…"

"그러게 말이다."

한숨 섞인 레이첼의 말에 이로가 뭐? 하는 표정을 지었다. 레이첼은 가볍게 얼굴을 찌푸리며 혼잣말처럼 중얼거렸다.

"대체 뭣 때문에 온 건지…"

"뭔…"

나는 조용히 그들의 말을 듣고 머릿속으로 정리했다. 그러니까 레이첼이 돌보던 고아들이 레이첼한테 반란군에 데려다 달라고 했고, 레이첼이 위험해서 말렸지만 결국 따라왔다. 이건데.

'대체 어떤 애들이길래 레이첼의 고집을 꺾었지?'

레이첼은 웬만해선 고집을 안 꺾을 것 같은데. 어떤 애들이길래…

'나중에 한번 만나 볼까.'

그렇게 생각하던 차에, 적당히 대화를 끝낸 레이첼이 수련실 밖으로 나가며 말했다.

"애들한테 이상한 거 물어보지 마라."

"안 물어봐."

이로가 태연하게 대답하자 레이첼은 기다렸다는 듯 밖으로 나가며 문을 세게 닫았다. 그러자 쾅— 하는 소리가 수련실 안에 울려 퍼졌다.

"왜 저렇게 화가 났대?"

이로가 특유의 순진한 얼굴로 고개를 갸웃거리며 말했다.

"너 때문인 것 같은데."

내 말에 이로는 어깨를 으쓱하며 말했다.

"뭐, 알아서 풀리겠지."

"…너무 태평한 거 아니냐?"

"그럼 뭐 어쩌라고."

"어쩔… 수 없는 거긴 한데."

근데 너무 태연한 거 아니냐, 뭘 할 수도 없긴 하다마는.

[레이첼]

반란군 기지를 나와 숲으로 조금 들어가면 별장이라고 할만한 집 하나가 보였다. 그곳이 바로 아이들이 앞으로 지낼 쉼터였다.

"레이첼 님!"

문을 열고 안으로 들어가자 아이르가 반갑게 맞아주었다. 나는 그에 화답하듯 옅은 미소를 짓고는 안을 둘러보았다. 넓은 거실 창가 쪽에 있는 1인용 의자에서는 키에트가 따사로운 햇볕을 받으며 책을 읽고 있었는데, 거실 한복판에선 로이와 켄트가 게임기를 두고 살벌하게 다투고 있어 같은 공간인데도 상반된 분위기를 연출했다.

가볍게 안을 둘러보고는 아이르에게 물었다.

"다른 애들은?"

"루이랑 리트는 잘 모르겠고, 슬리브는 아마 자고 있을걸요?"

방금 나갔다 왔으면서 자고 있다는 말에 헛웃음이 나왔다. 정말이지, 맨날 그러는데도 볼 때마다 신기한 아이였다.

이 집은 1층은 모두가 같이 쓰는 거실이나 주방이 있고 2층은 중간에 가벽을 두어 둘로 나눠져 있는 구조여서 2층의 한쪽은 여자아이들, 다른 한쪽은 남자아이들의 방으로 쓰고 있었다. 둘로 나뉜 2층은 거기서 또 나뉘어서, 남자아이들 여자아이들 양쪽 모두 각각 가운데 복도를 두고 양옆으로 아이들의 개인 방이 있는 구조였다.

동쪽 계단으로 올라가면 남자아이들이, 서쪽 계단으로 가면 여자아이들이 있었다. 나는 리트를 보러 가는 것이기 때문에, 동쪽 계단으로 올라갔다. 나무로 만들어진 계단에서 작게 삐걱대는 소리가 들렸지만, 그것도 거슬리지 않고 정겹게 느껴지는 소리였다.

2층으로 올라가면 가운데에 복도가 있고 양옆으로 5개의 갈색 문이 있었는데 나는 그중 천천히 가장 끝에 있는 방 앞으로 걸어갔다.

-리트-

문 옆에 있는 명패를 확인한 후 가볍게 문을 두드리자 맑은소리가 났다.

똑똑-

"리트? 안에 있니?"

안에서 분명히 인기척이 느껴졌건만, 대답은 들려오지 않았다.

"들어가도 될까?"

또다시 침묵.

"리트?"

또다시 이름을 부르며 뭐라고 말하려던 나는 문장을 만드는 데 실패하고 속으로 한숨을 내쉬었다.

"기다릴게."

그렇게 말하고는 반대쪽 벽에 기대서 앉았다.

리트는 아이들 중에서 12살로 제일 어리고, 가장 최근에 온 아이였다. 약 한 달 전에 왔는데, 리트를 처음 발견한 곳은 집이 열

채 정도 있는 작은 마을이었다. 산골에 있어 외부인의 출입이 드문 곳이었는데 어느 날 순찰을 하다가 사람들의 비명소리가 들려 가보니, 세 마리의 애글루스가 마을을 쑥대밭으로 만들고 있었다. 길거리에는 피가 낭자했고 집집마다 아직 식지도 않은 시체가 끔찍한 모습으로 쓰러져있는 광경에 작게 한숨을 쉬고 눈에 띄는 두 마리의 애글루스를 제거하고 나니, 마을에 가장 끝쪽에 있는 집에서 귀가 찢어질 듯한 비명소리가 울려 퍼졌다. 아직 생존자가 있다는 생각에 최대한 빨리 집에 도착해 눈에 보이는 애글루스를 베어버린 후에야 집안의 광경이 눈에 들어왔다. 방금 죽어서 아직 김이 나는 어른의 시체 두 구와 어린아이로 보이는 작은 시체 한 구, 그리고…

온몸에 피를 뒤집어쓴 채 애처롭게 떨고 있는 어린아이.

그 아이가 바로 리트였다.

그때의 리트는 나를 보고 또 다른 애글루스인 줄 알았는지 미친 듯이 소리치더니 곧 제풀에 지쳐 기절해버렸다. 아무도 없는 깊은 산골에 어린아이 혼자 남겨둘 순 없는지라 데려왔지만, 한 달이 지나도록 회복할 기미가 보이지 않았다. 말도 하지 않고, 나오라고 하지 않으면 방 밖으로 나오지도 않았다. 그나마 다행인 것은 요즘엔 최소한의 의사 표현은 한다는 것이었다. 고개를 끄덕이거나 가로젓거나.

'물론 눈앞에서 가족과 마을 사람들이 다 죽었으니 그 충격이 결코 작은 건 아니지만…'

그래도 조금 염려가 되었다. 혹시나 끝까지 충격에서 벗어나지 못하게 될까 봐.

다른 아이들은 계속 옆에 있어 주면 나아지던데, 리트는 그러지 않았다. 계속해서 기다려도, 말을 걸고 관심을 줘봐도 달라지는 게 없었다.

그래도 그만두지 않는 이유는…

'그만두면, 그게 더 상처를 줄 테니까.'

아이들 중에 그런 아이도 있다 들었다. 너무 큰 상처를 받아 다른 사람들을 믿지 못하는 아이. 그래서 자신에게 잘해주는 사람들도 의심하고 시험하는 아이 말이다. 리트는 아예 아무것도 하지 않으니 조금 다르긴 하지만… 그래도 자기편이 있다는 것 자체만으로 위로가 될 때도 있으니까. 밖으로 표현하지 않는다 해도 심적으로 뭔가 달라지지 않았을까 짐작할 뿐이었다.

내내 고민만 하다가 슬슬 다리가 저려오기 시작할 쯤. 안에서 움직이는 소리가 들리더니 곧 문이 열렸다. 리트는 긴 머리카락이 잔뜩 엉키고 눈가가 빨개진 채로 나를 보고 조금 놀란 듯 눈을 동그랗게 띄더니 곧 나를 무시하고는 화장실로 향했다.

'또 울었나 보구나.'

리트가 화장실에 들어갔다 나올 때까지도 나는 벽에 기대고 앉아 있었다. 화장실에서 나온 리트는 이번에는 놀라지도 않고 그냥 나를 지나쳐 방으로 들어갔다. 하지만 문을 닫지는 않았다. 그저 나를 등지고 침대에 앉았을 뿐이었다.

나는 잠시 기다렸다가 조용히 물었다.

"머리 빗겨 줄까?"

"……"

리트는 두 박자 늦게 고개를 끄덕였다. 나는 리트가 놀라지 않게 천천히 몸을 일으켜 방안에 들어와 방 한쪽에 있는 리트의 키에 맞춰 높이가 낮은 책상 위에서 머리빗 하나를 집어 침대에 반쯤 걸터앉은 후 조심스럽게 리트의 머리를 빗겨 주었다.

리트의 정신상태치고는 머릿결이 꽤 좋았다. 엉킨 것을 거의 다 푸니 처음부터 끝까지 부드럽게 빗어지는 것이, 느낌이 좋았다. 검고 기름칠을 한 것처럼 윤이 나는 머리카락은 보기에도 좋아 보였다.

'루이가 잘해주나 보네.'

리트는 혼자 씻기에도 무리가 좀 있어서 다른 사람이 도와주어야 했다. 하지만 10살도 넘은 남자아이를 내가 씻겨주기에는 좀 뭐해서, 루이에게 부탁했다. 사실 루이 말고 다른 남자아이들도 있으나 그 애들은 믿고 맡기기가 좀 그래서….

그런 사정으로 인해 리트는 루이가 도와주게 되었는데 처음에는 루이도 다른 사람을 도운 경험이 없어서 적잖이 걱정되었지만, 생각보다 잘해주는 모양이었다. 리트도 티는 내지 않지만 씻고 나오면 굳었던 표정이 조금이나마 풀리는 걸 보면 말이다.

"자, 다 빗었다."

침대 바로 옆에 있는 책상 위에 빗을 올려놓으며 말했다. 곧바로 일어나 방을 나가려 했는데, 리트가 나를 뚫어지게 쳐다보는 바람에 그러지 못했다. 리트가 계속해서 나를 쳐다보자 당황한 나는 다시 침대에 걸터앉으며 말했다.

"왜 그래 리트? 나가지 마?"

리트는 아무것도 하지 않고 나를 뚫어져라 쳐다보았다. 마치 무언가를 말하고 있는 것 같았지만, 안타깝게도 나는 그 눈빛에 어떤 말이 담겨 있는지 읽지 못했다. 답답한 나머지 나도 입을 다물었다.

리트와 대화를 하고 있으면 아니, 리트에게 얘기를 하고 있으면 마치 석상에 대고 말하는 느낌이었다. 무슨 말을 해도 대답이 돌아오지 않는, 입이 굳게 다물어진 석상. 그리고 지금은 외국인과 대화하고 있는 기분이었다. 상대방은 분명 나한테 뭔가를 열심히 말하고 있는데도, 정작 나는 알아듣지 못한다.

리트도 결국 지쳤는지 시선을 아래로 내리고 침대에 누웠다. 자려나 보다, 하는 생각이 든 나는 방해하지 않으려 방을 나섰다.

'…!'

하지만 그러지 못했다. 누웠던 리트가 어느새 다시 일어나 조심스럽게 내 옷가지를 잡았기 때문이었다. 뒤를 돌아보자 불안한 눈빛으로 나를 바라보는 리트가 보였다. 내 옷을 잡은 리트의 손은 미세하게 떨리고 있었다. 그제야 리트의 뜻을 이해한 나는 다시 침대에 앉으며 말했다.

"알겠어, 안 갈게. 잘 때까지 있어 줄게."

그러자 리트가 조금 안심하는 듯한 표정을 짓더니 도로 침대에

옆으로 누웠다. 나는 리트에게 조심스레 이불을 덮어주고 천천히
쓰다듬어 주었다.

어쩌면 조금은, 진전이 있을지도 모른다는 생각을 하면서.

작전 개시

[S]

"바쁘신 분께서 여기 어쩐 일로…"

나는 나의 집무실 한가운데에 떡하니 서 있는 F를 향해 싱긋 웃으며 말했다. 하지만 F는 여전히 어떤 생각인지 읽을 수가 없었다. 그저 담담히 제 할 말을 할 뿐이었다.

"실례였다면 미안합니다. 마스터 S 님의 말대로 워낙 바빠서 말이죠."

슬쩍 비꼬는 어투가 섞여 있었지만 난 전혀 신경 쓰지 않고 여유롭게 받아쳤다.

"그리도 바쁘신 분이면 용건부터 말씀하시지요."

내 말에 F는 맘에 들지 않는다는 듯한 표정을 지었지만, 곧 얼굴을 풀고 말했다.

"오늘 저녁 8시."

나를 바라보는 F의 눈이 섬뜩하게 빛났다.

"잊지 않았지?"

"…그 일은 제 소관이 아닙니다만."

"그러니까."

F는 싸늘한 눈동자로 나를 쳐다보며 말을 이었다.

"나오지 않을 텐가?"

그 말에 나 또한 부드러운 미소를 머금은 얼굴이 살짝 굳어졌다.

"제가 왜 전면에 나서지 않는지, 잘 아실 텐데요."

"잘 알지."

"그런데도 나오라는 말인가요."

그러자 F는 한쪽 입꼬리를 매끄럽게 올리며 말했다.

"궁금하지 않나?"

"…뭐가요?"

F는 낮은 웃음소리를 내더니 한순간에 경멸이 가득 담긴 눈으로 말했다.

"우리의 꼭두각시에 불과했던 놈이 어떻게 컸는지."

그 눈에 담긴 경멸이 나를 향한 것이 아닌 것을 알면서도 절로 등에서 식은땀이 흘렀다. 허나 내가 더 놀란 것은, F가 내뱉은 말 때문이었다. 물론 마스터이니만큼 놀란 것을 겉으로 드러내진 않았지만, 같은 마스터인 F의 눈엔 보일 터였다.

"…누구를 말하는 건가요?"

"누구긴, 그 빌어먹을 계집이지."

마스터의 입에서 나오기에는 험한 말이었으나 굳이 정정하진 않았다. F가 내뿜는 살기가 너무나도 흉흉한 탓이었다.

순간 한 가지 생각이 머릿속을 스치고 지나가자 나는 깜짝 놀라 되물었다.

"잠깐만요, 그렇다면 혹시 그녀가…"

"맞아."

아직 말을 마치지 않았음에도 F는 즉답했다. 하지만 F와 나 모두 같은 의문을 품고 있었다.

"…하지만 그렇다면 어떻게 돌아온 거죠? 그것도 당당하게 간부의 자리로?"

"그놈이 도와줬겠지."

그놈이라니? 대상을 알 수 없는 말에 나는 속으로 의문을 품었다. 이런 내 생각을 알아챘는지, F가 말을 덧붙였다.

"C의 후계자."

네이브.

반역자와 마스터의 후계자를 연관 짓다니, 절로 얼굴을 찌푸리고 싶었지만 그 대신 한 손으로 입을 가리며 연극적인 목소리로 말했다.

"어머, 그리 말하셔도 괜찮으신 건가요?"

"못할 것도 없지."

누가 감히 마스터에게 뭐라 하겠어? 라는 뜻이 들어간 말에 나는 슬쩍 웃었다가 묘한 얼굴을 하며 물었다.

"그럼 그는 그녀가 반역자라는 것을 알았을까요?"

"……"

내 말에 F의 얼굴이 딱딱하게 굳었다. 하지만 F는 곧 확신에 찬 목소리로 말했다.

"그럴 리는 없어. 만약 그 아이가 그걸 알았다면 가만있지 않았을 테니."

네이브가 겉으로는 좀 어린아이 같은 면이 없지 않아 있긴 하지만 COAD에 대한 자부심은 그 누구에게도 뒤처지지 않았다. 그만큼 그에게 COAD는 단순히 충성의 대상이자 일터가 아닌, 아주 특별하고 자랑스러운 것이었다. COAD를 위해서라면 그 어떤 일이라도 불사할 아이이니, 그 명예가 더럽혀지는 일은 무슨 일이 있어도 용납하지 않을 거라고 확신했다.

"그렇다면 다행이고요."

반역자인 것을 알고도 아무 조치를 취하지 않는 것은 반역죄에 성립하니, 네이브가 그녀의 정체를 아느냐 모르냐는 매우 중요한 문제였다.

"그래서, 나올 건가?"

F가 직접적으로 묻자 나는 잠시 고민했다. 하지만 몇 번을 생각해 봐도 결론은.

'나가볼까…'

감히 우리에게 대항하려는 자가 누구인지 궁금하기도 하고, 능력을 사용해서 약점이라도 쥘 수 있으면 더 일석이조였다.

"…나가보도록 하죠."

무엇보다 그녀에게 '그것'이 있는지 확인해봐야 할 것 같았다.

내 대답에 F는 만족스러운 미소를 지었다. 그러고는 고개를 살짝 끄떡이고서 벌떡 일어나 방 밖을 나섰다.

"어머, 벌써 가시려는 건가요?"

"더 할 말이 있는 건 아닐 테니까."

그 말에 나는 옅은 미소를 지었다. 그 후 F가 완전히 방을 나가자, 나의 얼굴은 어떠한 생각도 읽을 수 없는 무표정으로 변했다.

"기대되는군요. 과연 당신은 어떤 과거를 숨기고 있을까요?"

[레이첼]

'왜 갑자기 한기가…'

나는 이렇게 생각하며 닭살 돋은 팔을 매만졌다. 괜한 의심병일 거라고 치부하려 했지만 뭔가 꺼림칙했다. 태생적으로 예민해서인지 어쩐지 다른 이들보다 위험을 더 잘 감지하기 때문에 도움이 된 적도 많았지만, 심적으로는 조금 부담이 될 때도 많았다.

'…오늘 저녁에 있는 연회 때문인가.'

하지만 그게 큰 문제가 될 거라고 생각하진 않는데, 진짜 오늘 저녁에 있을 연회 때문인지 다른 까닭이 있는지는 모르겠지만 어쨌든 불길한 예감이 드는 건 사실이었다.

"…레이첼 소이어!"

짝―

요란한 박수 소리에 깜짝 놀라 제정신으로 돌아온 나는 고개를 들어 박수 소리의 주인을 쳐다보았다. 그러자 이로가 볼을 빵빵하게 부풀리며 불만스럽게 말했다.

"무슨 생각을 그렇게 해?"

"…그냥."

"쳇, 말 안 할 거야?"

이로가 귀여운 척을 하며 입을 삐쭉거리자 나는 눈을 가늘게 뜨며 이로를 뚫어져라 쳐다보았다.

"내 얼굴에 뭐 묻었어? 뭘 그리 쳐다봐?"

"…아니, 뭐 잘못 먹었나 해서. COAD에서 음식에 독이라도 탔나."

"이씌."

이로가 미간을 살짝 찌푸렸다가 다시 펴며 가볍게 농담을 던졌다.

"COAD에서 독을 탔으면 정신이 이상해지는 게 아니라 정신이 나갔겠지."

"그건, 맞네."

틀린 말은 아니라 나는 작게 고개를 끄덕였다. 이로는 옆에서 묵묵히 듣고만 있는 가론에게로 시선을 옮겼다.

"헤, 다른 사람들은 이런 농담 하면 사색이 되거나 얼굴을 찡그

리던데. 형은 안 그러네."

"꼭 그래야 하는 건 아니잖아?"

"재미없어."

가론의 말을 싸그리 무시한 이로가 툴툴거렸다. 그에 가론은 이로를 노려보았지만 이로는 그것마저도 무시해버리며 숟가락으로 한입 가득 푸딩을 떠먹었다.

"대체 넌 왜 회의를 하는데 푸딩을 가져오는 거야?"

이로의 행동에 약이 오른 가론이 지적했다. 그 사이 푸딩을 다 먹은 이로가 숟가락을 탁 소리 나게 내려놓고는 뻔뻔하게 말했다.

"나 푸딩 안 가져왔어."

"야이씨…!"

"왜? 뭐? 증거 있어? 없잖아? 억울하면 증거를 대보시든지."

"그 접시랑 숟가락은 어떻게 설명할 건데?"

"난 접시랑 숟가락만 가져왔을 뿐이지 푸딩은 가져온 적 없거든? 괜히 애먼 사람 잡고 있어."

사실 회의에 접시와 숟가락을 가져오는 것도 이상한 건데, 라고 말하려다가 가론이 뭐라고 할까 궁금한 마음이 들어 그냥 내버려 두었다.

"…증인도 증거가 될 수 있어."

쯧, 한다는 소리가 겨우…

"한 명 갖곤 안 되지."

그러자 가론이 도움을 청하듯 나를 바라보았다. 하지만 나는 슬쩍 그 시선을 피하고선 말했다.

"노코멘트."

"야, 야! 너까지 그러면…"

"에~ 증거 없쥬? 아무것도 못 하쥬?"

승기를 잡은 이로가 가론을 실컷 놀리며 약을 올렸다. 마지막으로 회심의 '메롱'까지 날리자, 가론은 더 이상 참지 못하고 아무거나 손에 잡히는 것을 이로에게 집어던졌다. 하지만 애석하게도 이로는 그것을 가볍게 쳐냈고 운이 없어도 드럽게 없는 연필은 바닥에 떨어져 두 동강 나며 명을 달리했다.

바짝 약이 오른 가론이 더 던질 것을 찾아 주위를 두리번거리자 나는 짤막하게 혀를 차며 가론을 만류했다.

"그만둬 가론. 더 던질 것도 없어."

그건 사실이었다. 만약 의자나 책상이나 종이를 집어던질 생각이 아니라면 말이다.

가론은 짜증스럽게 얼굴을 구기더니 이로를 살벌하게 노려보았다. 하지만 이로도 더 자극시킬 생각은 없는지, 아니면 시치미를 떼는 건지 슬그머니 먼 산을 바라보며 휘파람을 불었다.

"그래서, 뭣 때문에 회의를 하자고 한 건데?"

내가 리트를 만나고 온 후, 우리는 반란군에 관한 이야기라면 회의를 열어 의논하기로 결정했다. 아무래도 집중하고 얘기를 하려면 회의실이 주는 특유의 긴장감이 몸을 약간 긴장시켜 주는 것도 나쁘지 않기 때문이다.

'헌데 별 소용이 없는 것 같은 건 기분 탓인가.'

뭐, 꼭 그 이유가 아니더라도 회의실에서 딱 각 잡고 얘기하면 장점이 많으니까.

그리고 지금 하고 있는 이 회의는 내가 연 것이었다.

"솔직히 너는 없어도 되긴 해."

"뭐? 야, 그럴 거면 왜 불렀…"

"리더는 리더니까 불렀겠지."

이로의 말에 가론은 얼굴을 찌푸리곤 "이럴 때만 리더지, 이럴 때만…"이라고 작게 중얼거렸다.

"그래서, 왜 불렀어?"

이로가 나를 돌아보며 물었다. 나는 미간을 살짝 찌푸리며 어이없다는 투로 말했다.

"몰라서 물어?"

"응."

놀랍도록 솔직한 태도에 정신이 나갈 지경이었지만 애써 담담하게 말했다.

"오늘 저녁에 연회가 있잖아. 그거 대책이라도 세우려고…"

"아, 맞아. 그게 있었지, 참."

뭐?

이제야 알아차린 듯한 이로의 말투에 나는 심히 불안감을 느끼며 눈을 가늘게 띄고 그를 쳐다보았다.

"설마, 까먹었다거나 그런 건…"

"어, 맞는데."

"에휴…"

가만히 우리의 얘기를 듣고 있던 가론도 어느 정도는 상황을 이해하고 있는지 작게 한숨을 쉬었다. 당사자인 나는 지그시 눈을 감고서 조용히 화를 삭였다.

"아무튼 그게 뭐 어때서?"

"어때서라니, 너 진짜…"

"그럼 넌 그들이 함정을 판 거라고 확신하는 거야? 왜?"

그야 그들이 아무 이유 없이 연회를 열 이유가 없으니까. 무언가 경사스러운 일이 있는 것도 아닌데 귀찮고 준비할 게 많은 연회를 굳이 열 필요는 없었다. 돈이 많으니 단순히 사치를 부린다고 생각할 수도 있겠지만 그건 실없는 하급의 간부들이나 하는 짓이었다. FSC 같이 고위직에 있는 사람들은 수많은 악행을 저지르지만, 그만큼 똑똑하고 영리하다. 자신에게 이득이 되지 않는 일을 할 리가 없었다.

"아무런 일도 없었는데 갑자기 열린 연회가 순수한 목적이라는 건 말도 안 돼. 심지어 시기도 그리 좋지 않고."

"…그래서?"

잠시 생각하다가 이해했다는 듯 고개를 끄덕이는 이로를 바라보며 나는 한쪽 입꼬리를 매끄럽게 올렸다.

"가만히 당하고 있을 수만은 없지."

"당연하지."

이로는 씩 웃는 표정으로 말했지만, 눈은 살기로 빛났다. 마치 이 상황이 즐기는 듯한 눈빛이었다.

"대책은 있나 보지?"

"미안하지만, 없다고 봐도 무방해."

이런 싸움의 경우에는 정보가 많을수록 유리하지만, 불행히도 이번에는 충분한 정보를 얻을 만한 시간이 부족했다. 나는 그들이 우리에게 대비할 시간을 주지 않기 위해 초대장을 늦게 뿌린 것이 아닌가 의심했다. 연회일이 월요일인데 그 전주 금요일에 초대장을 뿌리다니, 확실히 늦게 뿌린 편이었다.

"어쩔 수 없어. 그때그때 상황 파악하고 알아서 해야지."

"어, 뭐… 나쁘진 않네."

"함정에 제 발로 들어가는데 아무 계획도 없는 게 나쁘지 않은 거야?"

우리의 얘기를 들으며 대충 이해를 끝낸 가론이 어처구니없다는 듯이 말하자 이로는 어깨를 으쓱이며 말했다.

"아무것도 모르고 함정에 걸리는 것보다는 낫지."

"아니, 그건 그런데…"

살짝 얼굴을 찌푸리는 가론은 우리가 이해되지 않는 모양이었다. 하지만 나는 별다른 설명을 하지 않았다. 가론에게 그다지 이해를 바라지 않기 때문이었다.

'자기가 알아서 생각하라지.'

이런 마인드라서. 딱히 신경 쓰지 않았다.

내가 이런저런 생각을 하는 사이, 의자에 삐딱하게 기댄 채로 손가락으로 팔받침을 치며 규칙적인 소리를 내던 이로가 입을 열었다.

"…그래서, 걔네가 어떻게 할 것 같아?"

함정인 걸 알았으면, 어떤 종류의 함정인지 알아야 한다. 덫인지, 그물인지, 통발인지. 종류를 알아야 대비를 할 수 있다. 그리고 이로는 지금 그걸 묻는 것이다.

나는 잠시 생각에 잠겼다. 만약 내가 FSC라면, 어떻게 레이첼 소이어와 이로를 잡을까? 머릿속으로 떠오르는 방법들을 쭉 나열해보았다. 음식에 무언갈 탈 수도 있고, 냅다 기습을 시전할 수도 있을 것이다. 아니면 어딘가로 유인하거나, 연회장 밖에 군사를 배치해 천천히 포위하는 방법도 있다.

그놈들의 입장에서 생각해 봤을 때, 음식에 약을 타는 건 직접 갖다주는 게 아닌 이상 어려울 듯했다. 연회는 보통 뷔페 형식이 대부분이니까, 괜히 약을 탔다가 다른 사람이 먹어버리면 큰일이지 않은가. 냅다 기습하는 것도 우리의 실력이면 빠져나갈 가능성이 높다는 걸 그들도 알고 있을 테니 제외하고…

이러고 보면 두 가지 방법만이 남는다. 첫째, 연회장 밖에 군사를 배치하고 천천히 포위한 다음 체포하는 방법. 창문같이 빠져나갈 구멍만 막아두면 그들 입장에서 충분히 승산이 있는 방법이었다.

둘째, 유인하기. 유인한다는 걸 상대가 모르게 할 수만 있다면 꽤나 유용하고 간편한 방법이다. 단점은 유인한다는 걸 상대가 알아챘다면 곤란해질 게 뻔하다는 것 정도.

머리가 아파온다. 첫째나 둘째나 우리 입장에서 골치가 아픈 건 마찬가지다.

나 혼자 낑낑댄다고 달라지는 건 없기에, 나는 입을 열었다.

"연회장 밖에서부터 포위하거나 유인하거나. 둘 중 하나일 가능성이 높지."

"둘 다일 가능성은?"

훅 치고 들어온 이로의 말에 한 가지 사실을 깨달았다. 맞다, 둘 다일 수도 있다. 전략을 꼭 하나만 세워야 하는 것은 아니다. 플랜 A를 시도한 다음, 실패하면 플랜 B로 넘어갈 가능성도 충분하다는 것을 잠시 잊고 있었다.

"…그것도 배제할 수 없지."

아랫입술을 깨물며 작게 한숨을 쉬었다. 정보가 부족한 싸움은 승리 여부를 예측할 수가 없다. 이길지 질지 알 수 없으니 불안감 또한 증가한다. 더군다나 그 승리 여부로 미래가 결정된다면 말할 것도 없었다. 자신 있는 척하고 있지만 내심 불안한 것도 사실이었다.

"연회장 밖에서부터 포위한다 치면…"

"방법이 없어. COAD 놈들이라면 광범위하게 군사들 움직여서 포위시키는 건 일도 아닐 테니까. 기척 숨기느라 애 좀 먹는다 해도 그게 다야. 결국 해낼 게 분명해."

이로가 중얼거리는 혼잣말에 나 또한 무의식적으로 대답했다. 이로가 생각하는 듯 고개를 갸웃하며 말했다.

"밖에서 다른 사람이 동태를 살펴주면 도움이 될까?"

"당연하지. 하지만 그걸 누가 해? 연회장 밖이라 해도 COAD 안이야. 거기에 사람이 몇인데? 누가 몰래 들어가서 안 들키기만 해도 기적인데 염탐을 한다고? 말이 되는 소릴…"

"제가 하면 안 될까요?"

"우왁!"

"으악!"

[이로]

내 말에 반박하던 레이첼 소이어의 말을 끊고 새로운 목소리가 들리자 나와 가론 형이 놀라 소리를 질렀다. 하지만 레이첼은 그 존재를 어렴풋이 짐작하고 있었는지 그다지 놀라지 않았다. 단지 매서운 눈으로 그 목소리의 주인을 쳐다볼 뿐이었다.

"언제부터 듣고 있었던 거지, 아이르?"

"어… 연회 어쩌고 할 때부터요?"

나는 살짝 난감한 표정으로 머리를 긁적이는 아이르의 표정에 배어있는 긴장감을 읽었다. 골치 아프다는 눈빛으로 그 아이를 바라보던 레이첼은 미간을 찌푸리며 작게 한숨을 내쉬고는 말했다.

"안 돼."

주어나 목적어 없이 앞뒤 다 잘린 말이었지만 그것만으로도 충분히 알아들었는지 아이르의 얼굴이 살짝 굳어졌다.

"하지만 레이첼 님…"

"안 돼. 네가 뭐래도 안 되는 건 안 되는 거야."

"하지만 전 할 수 있잖아요!"

레이첼의 단호한 태도에 발끈한 아이르가 소리쳤다. 하지만 곧 아차 싶은 표정으로 가론 형과 나를 번갈아 쳐다보더니 허리를 90도 숙였다.

"죄송합니다. 가론 님, 이로 님."

"어… 괘, 괜찮아. 그나저나 레이첼, 뭐가 안 된다는 거야?"

아이르의 급발진에 당황한 가론 형이 말을 더듬으며 레이첼에게 물었다. 그러자 레이첼은 아랫입술을 지그시 깨물며 입을 다물었다. 레이첼이 대답하지 않자 아이르가 조심스럽게 입을 열었다.

"제가… 밖에서 동태를 살펴줄 수 있어요."

"괜찮겠어?"

아이르의 말에 내가 조심스럽게 물었다.

"우리 말을 듣고 있었다면 알겠지만 지금 네가 하려는 건 매우 위험한 일인데… 들키면 죽을 수도 있어."

"괜찮아요."

나의 부정적인 말에도 아이르는 굳은 의지를 표했다. 하지만 또다시 레이첼이 단호하게 가로막았다.

"안 돼."

"…왜요?"

"위험해."

"제가 괜찮다고요! 당사자가 괜찮다는데 왜 레이첼 님이…"

"내가 안 괜찮아!"

계속되는 말싸움에 답답해진 아이르가 언성을 높이자 레이첼이 버럭 소리를 질렀다. 그러자 모두가 조용해짐과 동시에 모두의 시선이 레이첼에게 쏠렸다. 레이첼이 목소리를 높이는 일은 흔치 않기 때문이었다.

"네 나이가 몇인데? 겨우 16살이야! 그 나이에 목숨을 걸고 작전에 나서겠다고? 말이 되는 소릴 해!"

"레이첼 님이랑 가론 님, 이로 님도 겨우 20대시잖아요."

"10대 중반이랑 20대 중반이 같아? 억지 부리지 마, 아이르."

"왜 안 되는 건데요!"

어지간히도 답답한지 아이르의 눈은 이미 촉촉하게 젖어 있었다. 아이르는 더 이상 감정을 제어하기가 힘든지 예의고 뭐고 자기할 말을 쏟아내기 시작했다.

"여기까지 따라왔잖아요! 위험을 감수할 각오는 이미 돼 있어요! 저희가 다 괜찮다고, 하고 싶다고 하는데 안 될 게 뭐가 있냐고요!"

"몇 번을 말해 위…"

"위험하다고요? 괜찮다니까요?! 제가, 저희가 괜찮다는데 대체왜요? 뭐가 문제에요? 도움이 될 수 있어요, 작전의 성공 확률을 높이고 도움이 될 수 있다고요!"

"아이르, 목소리 줄여."

감정에 휩쓸린 아이르의 목소리가 점점 더 높아지자 레이첼이 아랫입술을 지그시 깨물며 낮은 목소리로 경고했다. 그러자 이성이 돌아왔는지 아이르가 흠칫하더니 얼굴이 빨개진 채로 허리를 90도 숙였다.

　"죄송합니다. 제가 너무 흥분한 나머지…"

　진심으로 사과하는 듯한 모습에 한 소리 하려고 입을 달싹이던 가론 형도 아무 말 없이 입을 다물었다.

　"…미안하지만, 잠시 나갔다 와도 될까?"

　레이첼이 퍽이나 피곤해 보이는 얼굴로 우리에게 양해를 구했다. 단둘이서 말해야겠다는 의미가 내포된 말에 가론 형과 나는 서로 눈을 마주친 후 별말 없이 고개를 끄덕였다.

　우리가 고개를 끄덕이자마자 레이첼은 벌떡 일어나 회의실 밖으로 걸음을 옮겼다. 그리고 그 뒤를 한껏 굳은 표정의 아이르가 뒤따랐다.

　"후하…"

　회의실 문이 완전히 닫히자 가론 형이 참았던 숨을 내뱉었다. 나도 긴장했던 몸이 살짝 풀어졌다. 나는 레이첼의 행동이 이해가 되지 않아 의문을 품고 중얼거렸다.

　"뭐 저렇게 진지해? 그냥 허락해주면 되지 않나?"

　"그게 안 되는 거겠지."

　"안 될 게 뭐가 있어? 자기가 각오가 돼 있다는데. 냉정하게 생각해서 자기가 책임지겠다고 하면 죽든 다치든 자기 책임 아냐?"

"……"

내 말에 가론 형은 외계생물을 보는 듯한 표정으로 나를 쳐다보았다. 그 의미 모를 시선에 나는 눈을 빠르게 깜빡이며 말했다.

"왜 그래, 형?"

"아… 니. 그렇게 생각할 수도 있구나 싶어서."

"그럼 형은 어떻게 생각하는데?"

내 물음에 가론 형은 손가락을 책상을 규칙적으로 두드리며 곰곰이 생각에 빠졌다. 한참을 고민하던 가론 형은 조심스럽게 입을 열었다.

"모성애…랑 비슷하지 않을까 싶은데."

"모성애?"

뜻밖의 단어에 고개를 갸웃하며 되묻자 가론 형은 말을 덧붙였다.

"어린애들을 키우면 아무래도 자기 자식 같은… 그런 감정이 생기지 않을까? 아마 지금 레이첼은…"

잠시 뜸을 들이던 가론 형이 다시 입을 열었다.

"자기 자식을 전쟁터에 내보내야 하는 기분이지 않을까."

가론 형의 말을 듣자 기분이 묘해졌다. 기분이 착 가라앉는 것도 있었지만, 그런 마음을 전혀 이해하지 못한 나에 대한 부끄러움이랄지, 창피함이랄지, 그런 감정도 느껴졌다. 하지만 나는 부모의 마음을 이해할 수 없어서인지 한편으로는 좀 공허한 느낌도 들었다.

"그런 거라면… 왜 그렇게 반대하는지 이해는 되네."

"…나는."

가론 형이 어두운 얼굴로 입을 열었다. 내가 가론 형을 알게 된 뒤로 처음 보는 표정이었다. 한없이 슬픈 과거의 상처를 되짚는 듯한 표정.

"나는 웬만하면 아이르가 작전에 나가지 않았으면 좋겠어."

"왜?"

"어찌 됐든 위험성이 높은 건 사실이니까. 그리고 만약 잘못되기라도 한다면…"

가론 형은 살짝 미간을 찌푸리며 눈을 지그시 감았다.

"우리한텐 아니지만 레이첼에겐 소중한 아이니까, 레이첼이 속상해할 수도 있잖아."

이번에는 내가 가론 형을 외계생물을 보는 듯한 표정으로 쳐다보았다. 그러자 이런 말을 한 것이 새삼 쑥스러운 듯 가론 형의 볼이 살짝 붉어지더니 곧 애써 퉁명스러운 어투로 말했다.

"뭐?"

"형이 이렇게 솔직한 사람이었어? 와~ 나는 여태까지 형을 바보 멍청이로 봤는데 그건 아니었구나?"

"야이씨… 형을 바보로 보는 동생이 어딨냐? 너 진짜…"

"여깄지. 형을 바보로 아는 동생."

"야이 자식이…"

약이 오른 가론 형이 주먹을 쥐고 벌떡 일어나 나를 향해 점점 다가왔다. 나도 가론 형을 피하려 일어나던 순간, 의자 다리에 발이 걸려 의자와 함께 대차게 넘어졌다.

"우왁!!!!"

우당탕―

"정말이지, 어떻게 너네는 입이나 몸이나 한시도 가만히 있질 못하냐?"

온몸에서 얼얼한 통증을 느끼며 뒤를 돌아보니 아주 못마땅한 표정으로 문가에 팔짱을 끼고 서 있는 레이첼이 보였다. 나는 어색한 미소를 지으며 시큰한 아픔이 느껴지는 무릎을 문질렀다.

"뭐야, 언제 왔어?"

"방금."

"되게 빨리 왔네."

"얘기는 잘 됐어?"

내가 말하자마자 작은 한숨을 내쉬는 걸 보니 잘 끝나진 않은 모양이었다.

'하긴, 밖에 나갔다고 해서 생각이 바뀐다거나 하지는 않으니까.'

"진짜… 후."

뭔 말을 하려다 삼킨 레이첼은 또다시 깊은숨을 내뱉었다. 그 모습이 화를 삭이는 것 같기도 하고, 답답한 것 같기도 했다.

'아니면 둘 다 일려나.'

내가 생각하는 사이 레이첼은 회의실 의자에 앉았다. 그러고선 손으로 이마를 누르며 지그시 눈을 감았다. 가론 형이 레이첼의 눈치를 살피고는 조심스럽게 물었다.

"회의 끝?"

"…끝 다 나가."

레이첼이 여전히 눈을 감은 채로 차갑게 말했다.

'나 참 말 안 해도 나갈 거다 뭐.'

하지만 그런 말을 하는 마음이 어떤지 모르지는 않기에, 별말은 하지 않고 조용히 자리를 비켜주었다. 가론 형 또한 얼굴을 살짝 찡그릴 뿐 별다른 말은 하지 않고 얌전히 회의실을 나섰다.

[레이첼]

'돌겠군.'

농담이 아니라, 이대로 있으면 진짜 돌아버릴 것 같았다.

나는 방금 전까지 귀에서 휘몰아치던 아이르의 말을 다시 한번 상기시켰다.

–몇 번이나 말씀드렸잖아요! 저희를 키워주신 빚은 꼭 갚겠다
  고요!
–그걸 대체 왜 빚이라고 생각하는 거야? 그래, 백번 양보해서
  빚이라 치자. 근데 갚는 방법이 왜 그 모양이냔 말이야!
–그야 저희가 할 줄 아는 게 그것뿐이고, 레이첼 님에게 필요한
  일도 그거니까요!
–할 필요 없어, 괜히 따라와 봤자 짐만 될 게 뻔하잖아!

그러자 아이르의 맑은 눈에 눈물이 차오르기 시작했다. 아이르는 할 말이 있는 듯 몇 번 입을 달싹이다가 이내 아랫입술을 깨물고는 뒤를 돌아 뛰어가 버렸다.

처음에는 잠시 멍했으나 곧 잘못을 알아차리고는 제멋대로인 입을 탓했다. 짐이 될 게 뻔하다, 이 말이 아이르에게 상처를 준 것이 분명했다. 진심이 아니라 홧김에 머리를 거치지 않고 나온 말이었으나 잘못은 잘못이었다. 허나 따라가서 사과할 용기는 나지 않았다. 같잖은 자존심 때문인가 생각해 보았지만, 그것 때문은 아닌 것 같았다.

그리고 지금 와서 생각해 보니, 왜 그런지 조금은 알 것 같기도 했다.

그것은 아마도 내가 지쳤기 때문일 것이다. 따라가서 사과하여 오해를 풀어봤자, 그 뒤로는 또 똑같은 대화가 반복될 것이 분명했다. 따라가겠다, 안 된다. 그 끝없는 실랑이를 또 하고 싶지는 않았다. 아이르의 의견을 받아들이는 것은 더더욱 하고 싶지 않았다.

사실 결론은 정해진 논쟁이었고 그 결론도 알고 있었다. 하지만 애써 외면하고 빙빙 돌리는 것도 자신이었다. 그 까닭을 물으면, 또다시 상처 입기 싫다고 말할 것이다. 나를 따르면 위험에 많이 노출될 것이고, 그러면 죽을 가능성도 커질 것이다. 아이들의 실력이 뛰어나다고는 하나 아무런 걱정 없이 난리 통에 풀어놓을 정도는 아니었다.

지독한 이기심에 작게 실소가 흘렀다. 내가 상처받기 싫다고 남앞길을 가로막는 꼴이라니. 내가 생각해도 말도 안 되는 것이었으나 마음과 이성이 항상 일치하지는 않는 법이었다.

"…짜증 나."

다른 누구도 아닌 나 스스로에게 짜증이 나서 견딜 수가 없었다. 사실 정말 솔직하게 말하자면 처음 데려올 때에는 나중에 이용할 생각이 아예 없던 건 아니었다. 오히려 이용할 수 있으면 얼마든지 할 생각이었지. 하지만 몇 년의 시간이 지난 지금, 생각이 조금은 바뀐 모양이었다. 아이르를 작전에 참여시키는 게 이렇게 내키지 않는 걸 보니.

"레이첼! 갈 시간이야, 어딨어?"

채 생각을 다 정리하기도 전에 문밖에서 나를 찾는 소리가 들려왔다. 아, 이런. 웬만하면 아이르를 만나고 갈 생각이었는데, 그럴 여유도 없을 것 같았다.

'짜증 나는군.'

연회장에 들어서자마자 쏟아지는 시선에 아까와는 다른 의미로 짜증이 치밀어올랐다. 거의 꾸미지 않고 왔음에도 음흉한 새끼들의 내 온몸을 훑는 시선이 고스란히 느껴졌다.

'노출이 거의 없는 걸로 입길 잘했지.'

안 그랬으면 저놈들의 시선이 닿는 곳마다 신경이 바짝 곤두섰을 게 분명했다. 물론 지금도 그렇긴 하지만.

"얼굴 좀 펴, 누가 보면 싸우러 온 사람인 줄 알겠네."

이로가 팔꿈치로 나를 툭 치며 서로에게만 들릴 정도의 작은 소리로 말했다. 하지만 나는 여전히 얼굴을 펴지 않은 채 퉁명스럽게 대꾸했다.

"싸우러 온 거 맞잖아?"

"킥. 아, 맞긴 한데 그래도."

이로는 대화를 끝낸 후에도 자꾸 킥킥대며 웃었다. 그러나 지금의 나로선 그 소리조차도 신경에 거슬려 조용히 그의 곁을 떠났다. 하지만 곧 짜증 나는 것들이 자꾸 들러붙었다.

"와인 한잔할래요?"

음흉한 놈 1.

"잠시 시간 될까요?"

음흉한 놈 2.

"오, 웬일로 오셨네요. 오랜만에 온 김에 춤이나 한번…"

음흉한 놈 3.

아, 참기 힘들어지네 진짜.

'FSC 놈들이 함정을 파도 이런 것들은 꼭 흘러들어온다니까. 왜 걸러지질 않는 거야?'

내게 다가오는 것들은 한 번 길게 째려보는 것으로 쫓아냈다. 애초에 저런 시답잖은 짓을 하는 것들은 속은 약해빠진 것들이라 이 바닥에서 오래 못 버틸 게 뻔했다. 걸리적거리는 것들을 대충 쫓아낸 뒤 연회실 한쪽 가장자리에 있는 자리에 앉았다. 춤도 좋아하지 않고, 뭐라도 탔을까 봐 음식도 먹지 않는 나 같은 사람에게 연회란 지루하기 짝이 없는 행사일 뿐이었다.

신경을 곤두세우고 가만히 상황을 살폈다. 하지만 아직까지는 별 움직임이 보이지 않았다. 그저 많은 사람들이 말하는 소리와 춤 출 때 나는 구두 소리, 그리고 음악 소리까지 합쳐져 귀를 어지럽 힐 뿐이었다. 하지만 그 와중에도 COAD로서의 엄격한 분위기는 남아있는 듯했다. 여러 사람들과 얘기를 나누는 와중에도 누구 하 나 큰소리로 웃지 않았다. 춤을 출 때도 과할 정도로 박자와 동작 을 정확하게 하는 탓에 오히려 딱딱해 보였다. 음식을 먹을 때도 쩝쩝거리는 소리를 내거나 트림을 하는 사람은 일절 없었다.

얼굴이 비칠 정도로 광이 나게 닦아놓은 대리석 바닥과 기둥을 보고 있으면 이 빛을 내기 위해 사용된 사람들의 노고가 떠올랐다. 넓은 공간과 아름다운 그림이 그려진 높은 천장을 보고 있자니 물 건들만 싹 다 치우면 수련실로 써도 될 것 같다는 생각마저 들었다.

그러고 있자니 문득 드는 한 가지 생각.

'기둥은 그렇다 치고 바닥에 천장까지 모조리 대리석으로 만들 미친 생각은 대체 누가 한 걸까.'

어느 정신 나간 건축가가 했을까, 아니면 사치에 찌든 한 간부가 했을까? 어느 쪽이든 제정신이 아닌 건 분명했다.

그때, 입구 쪽에서부터 사람들이 작게 웅성거리는 소리가 들렸다.

"어머, 저 사람들은 누구지? 꽤 직급이 높아 보이는데."

"어우, 몰라서 물어요? 그 유명한 마스터들이잖아요."

"마스터 F 님이랑 C 님… 어라? 저 여자는 누구죠? 처음 보는

데?"

"당신들 그 말 진심이에요? 마스터 S 님 이시잖아요! 어떻게 저 분을 못 알아봐요?"

"어, 어머머. 정말요? 저 여자가 마스터 S 님 이시라고요?"

"이런 자리에는 거의 나오시질 않던 분이 웬일로…?"

"오늘 경사 났네요. 그렇게 보기 힘들다는 소이어 님과 마스터 S 님을 동시에 보다니."

"정말이네요. 그러고 보니 두 분 다 오늘따라 더 아름다워 보이시는걸요?"

한 여자의 말에 주변 사람들의 가식적인 웃음소리가 작게 울려 퍼졌다. 그중 몇몇 사람들의 시선이 나에게 향했으나 나는 살짝 고개를 돌려 그 시선을 피했다. 대신 내 머릿속에는 다른 생각이 떠다니고 있었다.

마스터 S가 사람들 앞에 모습을 드러냈다. 그것도 한낱 연회장에.

이는 분명 단순한 것이 아니었다. S는 정말 특별한 날이 아니면 사람들 앞에 서는 일이 없었다. 그 때문에 간부 중에는 S의 얼굴조차 모르는 사람들도 적지 않았다. 오히려 아는 사람보다 모르는 사람이 더 많을 지경이었다.

나는 고개를 돌려 FSC의 행동을 유심히 지켜보았다. 그들은 서로 떨어지지 않고 계속해서 붙어 다녔다. 남이 보기엔 사이좋게 대화하는 것처럼 보였겠지만, 나는 그게 아니라는 것을 단번에 알 수 있었다.

그것은 일종의 보호막이었다. FSC가 다 같이 있으니 아무리 간 큰 사람이래도 감히 말을 걸거나 다가가기가 어려웠다. 지금 저들은 귀찮은 것들이 저에게 다가오지 못하게 하고 있는 것이 분명했다.

'무슨 짓을 하려고 여기까지 왔을까.'

그리 생각하던 찰나, 나름 사이좋게(?) 대화하고 있던 FSC 중 S가 내게로 시선을 돌리더니 아예 나에게 점점 걸어왔다. 그러자 모두의 시선에 내게로 쏠렸다. 나는 속으로 적잖이 당황하며 자리에서 일어나 나에게 다가온 S를 향해 정중히 허리를 숙였다.

"안녕하십니까, 마스터 S 님."

"어머, 소이어 님. 오랜만에 만나는 건데 그리 예의를 차리시면 제가 섭섭합니다."

'이건 또 무슨 개소리야.'

이 말을 당장이라도 입 밖으로 내고 싶었지만 그럴 수 없으니 그저 눈만 깜빡일 뿐이었다.

"오랜만에 얼굴을 봤으니 담소라도 나누고 싶은데, 시간 되실까요?"

'아, 이런 여우 같은!'

함정일 게 분명하지만 거절하기에는 곤란하다. 다른 사람이라면 상관없지만 S는 마스터다. 그런 사람의 제안을 다른 사람들이 뻔히 보는 앞에서 거절해버리면 그건 모두의 앞에서 마스터를 망신시킨 꼴이 되어버린다.

'하지만 난 그딴 건 신경 쓰지 않지.'

어차피 이제 얼굴 볼 날도 얼마 안 남았는데 뭐 어쩌라고.

"괜찮습니다. 어차피 조금 있다 갈 거라서요."

"아아, 그런가요? 안타깝네요."

S는 진심으로 안타깝다는 표정이었다. 하지만 이내 부드러운 미소를 짓고는 내 귓가에 작게 속삭였다.

"그래도 시간 좀 내주시죠."

딱 우리 둘만 들릴 정도의 목소리. 상냥하기 그지없는 말투였지만 내용은 고압적이었다.

S의 행동에 나는 내 생각에 대한 완전한 확신이 생겼다. 이 자식들, 100% 뭔가 알고 있는 게 확실했다.

나는 속으로 한숨을 삼켰다. 더 이상 그렇다 할 변명도 없는 데다가 어차피 한 번쯤은, 반드시 부딪쳐봐야 하는 사이다.

마스터만 알아차릴 정도로 마주 미세하게 고개를 끄덕이자 S의 입가에 미소가 더욱 깊어졌다. 그녀가 뒤를 돌아 입구 쪽으로 향하자 나 역시 그 뒤를 따라나섰다. 모두의 시선이 우리에게 쏠리는 게 느껴졌으나 간단히 무시하고 계속 걸어 나갔다. 살짝 고개를 돌려보니 당황한 표정의 이로가 보였다. 이로는 입모양으로 '미쳤어?'라고 하는 것이 보였으나 그것 또한 무시해버렸다.

FSC, 무섭다. 유인을 한다고 해도 이렇게 대놓고 할 줄은 꿈에도 예상하지 못했다. 이건 유인이라고 하기에도 애매하지 않은가.

'보통 사람의 상식을 완전히 벗어난 사람들.'

나는 FSC를 그렇게 정의했다.

연회장을 나와 복도에서 한참을 걸었다. 그러다 그것이 지루해질 때쯤, 규칙적이던 S의 발걸음이 딱 끊겼다. 그것을 신호로 나만의 생각으로 흐려졌던 시야가 서서히 맑아졌다. 그 앞에 보이는 건…

벽.

살짝 고개를 돌려 주위를 둘러보니 삼면이 벽으로 둘러싸인 막다른 길이었다. 그 사실을 알자마자 나의 입가에 피식, 조소가 걸렸다.

복잡하기 짝이 없는 COAD 내부의 길이란 길은 전부 꿰뚫고 있는 게 바로 마스터였다. 그런데도 걸음을 옮긴 곳이 막다른 길이라는 건, 의도한 것이 아니라면 설명할 수 없었다.

잠시 정면을 응시하던 S가 나를 향해 돌아서자 나도 모르게 방어 자세를 취하며 한 걸음 뒤로 물러났다. 그런 나의 모습에 S는 설핏 웃음을 터트리며 내게 한걸음 다가왔다.

"걱정 말아요. 정말로 대화할 생각이니까요."

"대화만 할 생각은 아닌 것 같은데."

"그건 대화로 안 됐을 때 얘기죠."

우웅-

그녀의 말이 끝나자마자 바로 내 뒤에서 들려온 묵직한 소리에 재빨리 뒤를 돌아보자 한쪽 벽에서 또 다른 벽이 나와 마지막으로 남아있던 퇴로마저도 막아버렸다. 그 벽 맨 위쪽에 큼지막하게 쓰여있는 글씨.

방화벽.

'방화벽의 용도는 절대 아닌 것 같은데.'

방화벽이라기엔 지나치게 단단해 보이는 재질만 봐도 알 수 있었다. 하아… 제대로 걸려버렸다. 다른 사람이라면 몰라도 상대는 마스터다. 그것도 아는 정보라고는 전혀 없는 S. 어떻게 상대를 해야 할지 전혀 감이 잡히지 않았다. 그래도 COAD에서 버틴 짬밥이 있는데. 쉽게 지진 않겠지…

'아니, 질 거란 생각도 안 하고 있긴 하지.'

싸우는 건, 누구보다 자신 있으니까. 그게 말이 됐든 행동이 됐든.

"그래서, 저에게 그토록 하고 싶으신 얘기가 뭐죠?"

"아아, 너무 급하신 거라고 생각하지 않아요? 순수한 마음으로 여자끼리 얘기 한번 해보자는 건데. 좀 여유를 가져도 좋을 거예요. 할 얘기가 많으니."

이 말을 듣는 순간 울컥하고 욕지기가 올라왔다. 뭐? 순수한 마음? 여유를 가져? 웃기고 있네, 아주.

"차라도 한잔하고 싶지만, 아쉽게도 여기는 자리가 마땅치 않네요."

"대화 자리로 여기를 선택한 건 마스터 S 님 아니신지요."

자기가 이곳으로 선택해놓고서 자리가 마땅치 않다고 하는 건 무슨 논리죠, 대체.

시니컬하게 비꼬는 나의 말에도 S는 잔잔한 미소만 지어 보였다.

"그런가요, 그건 제 실수네요. 다음엔 더 좋은 자리로… 아니, 아니군요."

잠시 말을 멈춘 S의 미소가 더욱 깊어졌다.

"다음에 만나면 차를 마실 만한 여유가 없으려나요."

머릿속에서 불이 번쩍하고 켜진 느낌이었다. 이 여자, 아니 FSC 전체가 알고 있구나. 내가 반란군인 것을. 상하 관계로 만나는 건 이번이 마지막이라는 것도 알고 있다.

나는 포커페이스를 유지하며 옅은 미소를 지었다.

"앞으로 더 바빠질 것 같긴 하네요. 일정이 많아서."

"일정이라… 그 일정은 일인가요, 아니면 목표에 도달하기 위한 과정인가요?"

S의 노골적인 물음에도 나는 미소를 머금은 얼굴로 친절히 대답해 주었다.

"목표에 도달하기 위한 과정입니다."

이 정도면 잘 알아들으셨겠지, 안 그런가?

"끊임없이 떠보는 것도 질렸으니 본론만 말하시죠."

서로의 정체를 확인한 상황이니 더 이상 예의 차릴 필요는 없었다. 다소 무례한 나의 태도에 당황할 법도 하건만 S는 얼굴빛 하나 바뀌지 않고 오히려 차분하게 웃으며 말했다.

"COAD는 거슬리는 것을 살려두지 않지요."

여기서 거슬리는 것이 나라는 것은 온 세상 사람들이 다 알 수 있을 것이다.

'정확히는 거슬리는 것에 내가 포함된다고 해야겠지.'

S의 곧바로 말뜻을 이해한 나는 검을 소환해 손에 단단히 쥐었

다. 하지만 정작 S의 손은 텅 비어있었다. 의문을 품은 나의 표정에 S는 싸늘한 미소를 지으며 말했다.

"궁금하다는 표정이네요, 왜 무기를 들지 않는지."

그쯤은 예상할 거라고 생각했기에 그다지 놀라지 않고 냉담한 표정을 유지했다. 하지만 곧, 왜 그녀가 무기를 들지 않는지 바로 이해했다.

S의 보랏빛 눈이 약하게 빛나자 머리가 깨질 듯이 아파왔다. 정확히는 머릿속이 울리는 기분이었다. 하지만 그 고통을 느끼자마자 머리를 빠르게 굴려 한 가지 결론을 도출해 내는 데 성공했다.

S의 무기이자 능력은 바로 '정신 조작 능력'이라는 것을.

정신, 기억, 영혼과 관련된 능력들을 모두 합해서 정신 조작 능력이라고 불렀다. 기억을 조작하거나 다른 사람을 조종하거나 다른 사람의 기억을 보거나 하는 것들 전부. 하지만 이 능력을 가진 자들은 흔치 않았다. 오죽하면 이 능력이 있는 사람이 나오면 온갖 곳에서 스카우트하려고 난리가 날 정도였다.

물론 정신 조작 능력도 사람에 따라서 그 차이가 어마어마했다. 그중에서도 S는 최상급능력자라는 건 당하자마자 감이 왔다. 이 사람, 정신 조작 능력 사용자 중에서 못해도 상위 0.1% 안에는 들 거다.

능력 사용할 때 눈이 빛나기에 상대방의 눈으로 침투하는 건가 싶어 눈을 질끈 감아봤지만, 전혀 효과가 없었다. 이러한 내 행동을 본 S가 웃음 섞인 목소리로 말했다.

"눈으로 하는 게 아니니 그딴 건 소용없어요."

눈이 아니라면, 어떤 방식으로 발동시키는 거지?

그에 대한 해답도 곧 알아차렸다. 바로 눈을 통해 보이는 S 주변에 일렁이는 희미한 보라색 파동에 의해서 말이다.

음파. 음파다.

음파 또는 초음파 같은 단어들로 표현할 수 있는 저것이 능력 사용자 주변에서 공명하여 파장을 일으켜 능력을 발동시키는 것이 분명했다. 그러니 눈을 감든 벽 뒤로 피하든 소용이 없다 이거지.

'능력을 어떻게 사용하는지도 알아냈고 다 좋은데…'

문제는 피할 방법이 없다는 것.

내가 머리를 쥐어짜며 해결책을 고민하는 사이, 갑작스레 느껴지는 낯선 느낌에 정신이 번쩍 들었다. 부드러운 손길로 머릿속을 헤집는 기분. 이게 뭔지 모르는 사람은 기분 좋은 느낌에 마냥 정신줄을 놓을 수도 있겠지만 다행인지 불행인지 나는 이것이 무엇인지 정확히 알고 있었다.

S가 내 기억을 읽고 있다.

순간 등줄기가 서늘해지며 머리의 극심한 통증조차 싹 잊어버린 나는 정신을 집중해 S가 '그 기억'에는 절대 접근하지 못하도록 한사코 막았다. 제발, 의심받는 한이 있더라도 그 기억이 읽혀서는 안 되었다. 이미 들통난 것은 들통난 것이지만 아직 들키지 않은 것까지 들키고 싶진 않았다. 만약 들키면, 내 모든 비밀과 약점을 S가 쥐게 되는 꼴이었다.

S의 정신력을 정면으로 받아치자, 그 반동으로 인해 또다시 머리가 깨질 듯한 고통이 느껴졌다. 하지만 그럼에도 불구하고 그만두지 못했다. 힘은 점점 더 많이 소모되고 그 반동이 나를 집어삼키고 있는데도, 정신이 아득해져 오는데도 포기할 수가 없었다.

'하지마. 제발, 들여다보지마.'

물속에서 마지막 남은 숨을 내뱉듯 마침내 한계가 찾아와 정신이 현실에서 아득히 멀어지기 시작하는 그 순간, 머릿속을 헤집던 손길도 툭, 끊어졌다.

[S]

'뭐지, 이 여자.'

더 이상 버틸 수 없어서 연결을 끊어버린 후, 가쁜 숨을 몰아쉬며 독기 어린 눈빛으로 바닥에 쓰러진 그녀를 쳐다보았다.

당신, 뭐야. 왜 나에게 대항할 수 있는 거지?

원래 내 계획대로라면, 소이어는 나에게 대항할 수 없어야 맞았다. 아무런 대항도 할 수 없는 소이어의 머릿속을 전부 뒤져서, 약점이든 뭐든 하나쯤은 건져야 했다. 그런데 그게 어긋나 버렸다. 소이어는 나의 힘에 정면으로 대항했고, 심지어 끝까지 버텼다. 내가 먼저 나가떨어질 때까지.

뭔가 잘못됐다는 건 직감적으로 알아차렸다. 하지만 이렇게 혼란스러운 와중에도, 공과 사는 구분해야 하는 법. 아직 확인해야 할 것이 하나 남았기 때문에 사적인 감정은 일단 뒤로 젖혀 놓았다.

'그것'을 확인하기 위해 한걸음, 한걸음 그녀에게 다가가 뒷목을 가리고 있는 길고 검은 머리카락을 끌어 넘겼다. 그러자 아주 선명하게 새겨져 있는 '그것'이 또렷하게 보였다.

"…맞네."

자연스레 입가에 회심의 미소가 서렸다. 일단 '그것'을 확인한 이상, 그녀의 과거와 비밀을 모두 알아내는 건 시간문제였다. 10년 가까이 된 일이긴 하지만 그때 당시 아주 큰 화제였던 만큼 분명 기록이 남아있을 테니.

문제는 그 10년 동안의 무슨 일이 있었는지는 알 수 없다는 것. 하지만 그리 큰 문제라고는 생각되지 않았다. 어떻게든 알아낼 자신 있으니까.

어쨌든 지금 이 여자를 처리하지 않으면 나중에 큰 걸림돌이 되리라는 건 분명했다. 그러니 우선 잡아두려 손을 뻗어 힘을 쓰려는 순간…

찰방-

'뭐, 뭐야?'

깜짝 놀라 밑을 내려다보자 발끝에서 찰랑거리는 맑은 물이 보였다. 파이프가 터졌을 리도 없고 이곳은 밀폐된 방이니 갑자기 물이 차올랐다는 것이 의미하는 것은 단 하나…

'설마… 마법?'

내가 그렇게 생각하는 사이 바닥에서 차오르던 물이 중력을 거스르고 소이어에게 향했다. 소이어 쪽으로 흐르던 물은 이내 그녀를 동그랗게 감싸 커다란 물방울을 만들었다. 언뜻 보면 물속에 잠긴 모양새라 숨은 쉴 수 있나 잠깐 생각했지만 조금 시간이 지나도 얼굴빛은 그대로인 걸 보니, 호흡에는 문제가 없는 듯했다.

잠시 시간이 지날 때까지, 나는 그녀에게서 눈을 떼지 못했다. 놀라서인 것은 맞으나, 이유가 살짝 달랐다.

왜, 왜 물일까.

중급 이상의 간부 출신들은 대부분 마법을 쓸 줄 알았고 그 외에도 마법을 쓰는 사람은 비교적 흔했다. 그리고 마법을 쓰는 사람들은 대부분 저마다의 속성을 가지고 있었다. 불 속성이면 불과 관련된 마법, 바람 속성이면 바람과 관련된 마법 등. 속성을 가지고 있으면 그 속성에 따른 마법밖에는 쓰지 못했다. 보통은 한 개, 간혹 두 개의 속성을 가진 자들도 있었으나 극소수였다. 그리고 소이어는 아주 드물게도 두 개의 속성을 가진 사람이었다. 얼음과 바람 속성.

그런데 지금 발동되고 있는 마법은 누가 봐도 물 속성이었다. 만약 이 마법의 시행자가 소이어라면, 소이어는 총 세 개의 속성을 지닌 이가 되는 것이다. 정말 그렇다면 전대미문의 일이 일어나는 것.

믿을 수 없는 상황에 넋을 놓고 있던 것도 잠시, 빠르게 정신을 부여잡고 다시 힘을 쓰려 그녀를 감싼 커다란 물방울을 향해 손을 뻗었다. 예상 밖의 일이 일어나긴 했지만, 예외는 예외일 뿐. 내 계획이 더는 흐트러지지 않을 거라 믿었다.

하지만 일이 한번 안 풀리기 시작하면 계속 꼬이는 법.

그녀를 감싸고 출렁이던 물방울이 갑자기 펑 하고 터짐과 동시에 위쪽에서 한 인영이 떨어져 나와 소이어 사이를 가로막았다.

"레이첼 님 괜찮… 콜록. 아우, 웬 물이 이렇게…"

그 인영의 정체는 바로 10대 중반쯤 돼 보이는 한 여자아이였다. 연한 살구색 머리카락과 눈동자가 눈에 띄는 그 아이는 쓰러진 소이어의 상태를 살피려다 뒤늦게 나를 발견하곤 냅다 소리를 질렀다.

"당신 누구야? 당신이 레이첼 님을 이렇게 만들었어?"

하, 나 참.

어이없는 표정을 숨길 수가 없었다. 그도 그럴 것이, 지금까지 나에게 이렇게 무례하게 대한 이는 전대 마스터를 제외하고는 거의 처음이었다. 너무나도 어이없는 질문에 대답할 가치조차 느끼지 못한 나는 밖으로 드러난 감정을 다시 안쪽으로 되돌려 놓으며 부드럽게 미소를 지을 뿐이었다.

그 아이가 나를 향해 뭐라 더 말하려 입을 떼려던 그때.

쾅—

요란한 소리와 함께 길을 막고 있던 벽이 엉망진창으로 파괴되어 그 잔해가 여기저기로 날아갔다. 이번엔 또 누구야. 계속해서 방해자가 나오자 이젠 짜증스러운 표정을 감출 수가 없었다.

"이로 님!"

흙먼지가 조금씩 가라앉기 시작했을 때쯤, 그 흙먼지 속에서 흐릿하게 보이는 인영이 누군지 알아챈 여자아이가 반색하며 소리쳤다.

"아우, 뭔 경비가 이렇게 많아. 덕분에 시작하기 전부터 몸 좀 풀었네."

이로…

따끔거리며 눈을 찌르는 흙먼지 탓에 빠르게 눈을 깜빡이며 고개를 들자, 오른쪽 어깨에 휴대용 대포를 짊어진 이로가 웃으며 걸어오고 있는 것이 보였다. 그리고 그 뒤로는 덩치 꽤나 하는 경비병들이 바닥에 아무렇게나 널브러져 있었다.

부글부글 끓어오르는 화에 빠드득, 이를 갈았다. 소이어는 굴러들어온 돌이니 그렇다 치지만, 이로는 대대로 COAD에 충성하던 가문이거늘. 대체 왜 우리에게 반기를 드는 것인지 도무지 이해되질 않았다.

"늦었잖아요! 그냥 따라오는 것도 못해요?"

"눈에 보여야 따라가든 말든 하지! 넌 보이지도 않잖아."

"그럼 뭐, 경비가 쫙 깔려 있는데 거기 대놓고 '나 잡아가시오.' 이러고 있을 순 없잖아요!"

"숨을 거면 나도 좀 숨겨주던가, 너 혼자 숨어버리면 난 어떡해?"

"알아서 잘 숨으셨어야죠!"

그래, 차라리 잘되었다. 이 두 녀석이 정신 팔려있을 때 공격하면 그래도 승산이 있을 것이니. 나는 자세를 고친 후 조용히 때를 노렸다.

"뭐? 야, 이 대포 들고 숨을 데가 있으면 얘기해 봐. 없…"

"그러게 누가 그렇게 크고 무거운 무기 쓰래요? 자업자득이죠."

"자기 맘대로 무기 쓰는 게 죄야? 그건 아니…"

"제가 있다는 걸 잊으신 건가요? 뭐, 차라리 고맙네요. 그렇게 대놓고 틈을 내줘서 말이죠."

그렇게 말하는 나의 보랏빛 눈이 미약한 빛을 냄과 동시에 그들의 얼굴이 고통스럽다는 듯 찌푸려졌다. 여자아이는 고통에 못 이겨 머리를 감싸쥐며 주저앉았지만, 그래도 지금까지 싸워온 경력이 있는 이로는 빠르게 손을 놀려 나를 향해 대포를 발사했다.

쾅―

가벼운 동작으로 대포를 피하자 바닥에 부딪힌 대포가 터져 귀가 먹먹해질 만큼 큰 폭발음이 일어났으나 신경 쓰는 이는 아무도 없었다. 이로의 방해로 인해 능력이 흐트러지자 주저앉아 있던 아이도 조심스럽게 일어났고, 이로의 얼굴도 한결 풀어졌다.

또 다시 방해를 받았지만, 이번엔 짜증이 나지 않았다. 오히려 마음이 바뀌었다. 내가 여기서 이들을 붙잡고 있는 동안 이로를 잡으려고 불러놨던 밖에 있는 군인들에게 명령을 보내 포위시키면 이 사람들을 전부 잡을 수 있지 않을까, 하는 생각이 들어서였다.

그런 생각을 하곤 부드러운 미소를 그리며 이로에게 말했다.

"이런, 유감이네요 이로 님. 감히 저에게 위해를 가하시다니요. 규칙에 어긋나는 행동이란 걸 아시나요?"

"그게 상대방이 먼저 공격했을 경우도 포함이었나요?"

"그렇답니다."

"유감인데요."

이로는 그 특유의 짓궂은 미소를 지으며 덧붙였다.

"앞으로 많이 하게 될 것 같은데 말이죠."

하, 하도 어이가 없어서 자동으로 실소가 나오는 말이었다. 반역자가 되놓고선 어쩜 저리 뻔뻔하단 말인가? 도저히 이해되지도, 이해할 가치도 없는 말이었다.

그리 생각하며 밖에 있을 군인들에게 전언을 보냈지만, 나는 곧바로 무언가가 잘못되었음을 깨달았다. 전언을 보내면 자연스럽게 보냈다는 느낌이 드는데, 지금은 그렇지 않았다. 무언가에 막힌 듯 어느 곳을 경계로 더 이상 나아가지 않는 느낌이었다.

약간의 당황함을 느끼며 정신을 집중해 그 경계를 가늠해 본 나는 아까보다 더욱 놀라 어깨를 살짝 움찔거렸다. 그 경계는, 바로 레이첼이 소환한 것으로 추정되는 물이었다.

아까 이로가 벽을 부수면서 물도 바깥으로 흘러갔는데, 이제 보니 바닥을 따라 펼쳐진 카펫에 흡수되지도, 이로가 쏜 대포에 의해 증발되지도 않은 채 그대로였다. 바닥에서 얕게 출렁이는 물의 가장자리를 경계로 전언이 더 이상 나아가지 않았다.

'젠장, 뭐지? 결계인가?'

허나 평범한 결계라면 이딴 식으로 되진 않을 터. 하지만 이것으로서 나는 내 가설에 대한 분명한 확신이 섰다.

기록되지 않은 그 10년 사이, 레이첼에겐 분명히 무슨 일이 있었다.

"아, 사람들 부르는 건 아마도 소용없을 걸요? 제가 오는 길에 있는 건 다 죽이면서 왔거든요."

명랑한 이로의 목소리에 정신줄을 바로 잡았다. 그래, 우선 눈앞에 문제 먼저 해결하자. 생각은 그다음에.

"네, 뭐. 어련하시겠어요."

또다시 부드러운 미소를 지으며 덤덤하게 대답하니 조금은 놀란 눈치였지만 덕분에 한 가지를 알아냈다. 일단 이로는 이 이상한 결계에 대해서 모른다는 것.

나는 아주 미세하게 얼굴을 찌푸렸다. 생각이 너무 많으니 혼란스러워 무슨 행동을 해야 할지도 모르고, 몸이 갈 길을 잃은 것 같았다. 나는 빠르게 머리를 돌려 머릿속을 헤엄쳐 다니는 온갖 생각들을 최대한 단순화시켰다.

무엇을 해야 가장 이득일까.

무엇을 해야 피해가 가장 적을까.

'…일단.'

놔주자.

어차피 결계 안에 있는 상태에서 저들을 잡으려면 나 역시도 피해가 적지 않을 것이고 잡아봤자 잡힌 상태에서도 오히려 정보 빼갈 사람이 바로 레이첼이니, 억지로 잡기보다는 일부러 놔준 뒤에 추적기 같은 걸 붙여놓는 게 더 이득이라고 결론지었다.

그리 생각하고 다시 앞을 바라보니 내가 생각하고 있는 사이에 살구색 머리카락의 여자아이가 레이첼을 엄호하듯 그 앞을 막아서고 있었다. 어차피 막지도 못할 텐데, 헛웃음이 새는 것과 동시에 또 다른 대포 한 발이 나를 향해 날아들었다.

쾅—

"아이르, 뛰어!"

가벼운 도약으로 대포를 피하니 이로가 그 아이를 향해 다급히 외쳤다. 그쪽으로 살짝 시선을 돌리자 이로가 마력으로 레이첼을 들어 올림과 동시에 그 아이가 벽에 몇 번을 나눠서 점프하여 위쪽에 있는 둥근 창을 향해 몸을 날렸다.

쨍그랑—

'지금이다!'

이로가 잠깐 정신이 팔린 사이 나는 소형 추적기를 꺼내 조용하지만 신속하게 이로에게 날렸다. 이로가 다시 내게로 시선을 돌렸을 때는 이미 추적기가 등쪽에 단단하게 붙어 투명하게 바뀐 후였다.

이로는 도망가지 않고 나에게 다시 대포를 겨눴다. 그놈들이 도망갈 시간이라도 벌려는 생각인가 본데, 내가 놔주기로 마음먹은 이상 이런 행동은 오히려 귀찮을 뿐이었다.

차라리 빨리 쏘든가, 피하는 척이라도 하게.

이로도 나름 머리를 굴렸는지 빠르게 대포를 조작하여 대포알을 날렸다. 하지만 이번에는 전과 조금 달랐다. 연속으로 5발을 발사한 것이다.

콰콰콰쾅―

쾅―

피하는 거야 문제가 아닌데, 이쯤 되니 뿌연 먼지와 머리가 터질 듯한 소음 때문에 아주 난리였다. 하지만 그 속에서 고개를 살짝 들어 윗쪽의 창을 보니 창틀을 거의 다 넘어간 이로의 옷깃이 보였다. 비록 바로 시야에서 사라졌지만.

나는 그것을 보곤 불만족스럽게 혀를 차며 작게 중얼거렸다.

"보내줄 때 알아서 갈 것이지. 느려 가지곤."

[이로]

"헤엑, 헥…"

허리를 숙여 무릎에 손을 놓고 가쁜 숨을 몰아쉬었다. 체력은 그래도 자신 있는데, 체력 회복이 안 된 상태에서 최대한 다른 사람들을 안 만나려고 전속력으로 달리는 건 좀 무리였나 싶었다.

"헥… 이러다… 헤에… 뒈질 것 같네…"

잠시 숨을 고르던 나는 잠시 후 호흡이 한결 편안해지자 허리를 피고 무의식적으로 팔을 쓸었다.

'아…?'

약간 오돌토돌한 감촉에 머릿속으로 물음표를 그리며 팔을 보자 닭살이 한가득 돋아있었다. 아마도 아까 S랑 싸울 때 닭살이 돋은 모양이었다.

'하긴, 닭살뿐인가.'

진짜, 내 생에 그토록 무서웠던 적도 손에 꼽을 것이다. 얼굴은 분명 부드럽게 웃고 있는데 온몸으로 뿜어내는 살기는 어찌나 흉흉한지. 눈빛만으로 사람을 죽일 수 있다면 여럿 초상 낼 것 같은 눈빛이었다. 많이 쫄았지만 티 안 내려고 얼마나 용을 썼는지.

S를 만나기 전에도 일이 많았다. 그때 레이첼이 S와 함께 나가고 겨우 몇 분쯤 지났을까. 갑자기 연회장 창문을 깨고 사방에서 사람들이 들이닥치기 시작했다. 물론 목표는 나였고.

사실 그곳에 있던 다른 간부들이 전부 합세하여 나를 노렸다면 분명히 잡혔을 것이다. 하지만 어째서인지 그들도 몰랐던 눈치였다. 단지 들이닥친 사람들의 복장을 보고 '그림자(COAD의 직속 부대)'라는 것을 알아챘을 뿐. 그 덕에 몇몇 사람들이 방해하지 말아야겠다는 생각으로 물러났기에 도망치는 게 가능했던 것이다. 물론 나 역시 적지 않은 상처를 입었지만 그게 어딘가. 도망에 성공했고, 살았다는 게 중요한 거지.

도망치는 데 성공한 건 아이르의 도움이 컸다. 끈질기게 쫓아오는 몇몇과 추격전을 벌이다 모퉁이를 돌아 발각되기 직전, 아이르가 재빨리 나를 숨겨준 것이다. 처음 만났을 때는 매우 놀랐다. 레이첼에게 허락은 받았냐는 나의 물음에 아이르는 짐짓 난감한 기색을 숨기고 짓궂게 말했다.

"등짝 한 대 쳐맞을 각오는 하고 왔죠."

"한 대? 그걸론 많이 모자랄걸?"

"흐음, 큰일 난 거죠 뭐."

태연한 말투와 함께 몸을 약하게 떠는 척하며 엄살을 피우는 아이르의 모습에 픽, 참을 수 없는 웃음을 터트렸다. 이 녀석, 그렇게 안 봤는데 좀 재밌다. 하지만 나는 곧 웃음을 멈추었다. 아이르의 옅은 살굿빛 눈동자에 어린 불안을 읽었기 때문이었다. 음… 그래. 너도 당연히 무섭겠지. 이 난리 통에 무턱대고 온 것도 그렇고 레이첼이 이걸 알게 된다면 정말 크게 혼날 게 뻔하니…

아무튼 그 이후 레이첼은 자기가 알아서 해결하려니 하고 아이르와 함께 COAD 외곽 쪽으로 도망치다 문득 느껴지는 강한 파동에 놀라서 되돌아갔는데 레이첼이 쓰러져 있었던 것이다. 거기로 갈 때까지도 우여곡절이 많긴 했지만 아무튼…

"…이로 님?"

깊은 상념에 빠져 있던 나는 갑작스러운 목소리에 깜짝 놀라 재빨리 방어 자세를 취했지만, 곧 목소리의 주인을 알아보고 긴장을 풀었다.

"아… 아이르구나."

"레이첼 님은 저기 계세요."

내가 무엇을 궁금해할지 이미 알고 있는 아이르 덕분에 물어보는 수고를 덜었다. 하지만 그럼에도 불구하고 나는 레이첼을 찾지 못했다. 아이르가 가리킨 방향에는 온통 우거진 나무뿐이었기 때문이다.

"…어디?"

"가리켜 줘도 몰라요? 저기 있다고요. 쩌어기."

아이르가 가리킨 방향의 나무를 자세히 보니 나뭇잎 사이로 무언가가 보일 듯 말 듯 했다.

"주변을 경계하긴 해야겠는데 레이첼 님을 혼자 둘 순 없어서 나뭇가지에 잠깐 앉혀드렸는데… 괜찮죠?"

아무래도 다친 레이첼을 혼자 둔 게 눈치가 보이는 모양인데, 레이첼과 나의 사이를 생각하면 괜한 걱정이었다.

"걱정 마. 난 레이첼을 나무에 대충 걸쳐 놔도 아무렇지도 않으니까. 아니, 오히려 좋지."

씩 웃으면서 농담을 던지니 아이르는 오히려 살짝 당황한 눈치였다.

"친구 아니세요?"

"친구니까 이러지."

내 말에 아이르는 '아하.' 하는 표정이었다. 지난번부터 느끼는 건데, 우리 확실히 뭔가 통하는 게 있는 것 같다.

"이제 어떡해요?"

"다 따돌렸으니 데리고 가야지 뭐."

"어디로요?"

"어디긴, 기지로…"

아.

말하다 보니 한 가지 중요한 사실이 떠올랐다.

바로 우리 둘 다 기지의 위치를 모른다는 것.

'기지가 어디지?'

생각해 보면 기지로 오갈 때는 늘 레이첼이 곁에 있었고 늘 레이첼이 포탈을 열었었다. 심지어 기지의 좌표도 전혀 모르니 무턱대고 우리끼리 포탈을 열 수도 없는 노릇이었다.

나는 다시 아이르를 바라보았다. 안타깝게도 아이르는 아직 이 사실을 알아채지 못한 듯 천진난만한 얼굴로 나를 바라보고 있었다. 갑자기 어깨가 무거워지는 것은 기분 탓일까.

잠시 고민하던 나는 그냥 내 성격대로 하기로 마음 먹었다.

"…아이르, 너 기지 어딘지 알아?"

"네? 아, 아뇨? 모르는데요?"

내 침묵이 길어질수록 눈을 동그랗게 뜨고 나를 쳐다보던 아이르의 눈이 점점 가늘어졌다.

"설마… 이로 님 이로 님도 기지 위치 모르세요?"

"응."

내가 아주 당당한 투로 말하자 아이르의 입에서 '아아.' 하는 탄식이 쏟아졌다. 나는 잠시 뜸을 들이다 조심스럽게 되물었다.

"레이첼 깨울까?"

"깨워서 어쩌게요."

"레이첼은 기지가 어딘지 알 거 아니야."

내 말에 아이르는 살짝 고민하는 눈치였다. 물론 왜 망설이는지는 알고 있다. 아프니까, 피곤할 게 뻔하니까 그냥 자게 해주고 싶은 마음일 게 분명했다. 하지만 지금은 좀 급했다. 그들도 우릴 뒤쫓고 있을 테니 우리가 망설이는 시간이 길어질수록 COAD와 우리의 거리가 점점 더 좁혀질 것이다. 그럴 바엔 차라리 좀 미안하고 마는 게 나았다.

"내가 깨울게."

거침없이 나무를 오르자 아이르는 좀 당황한 듯 보였지만 나를 막지는 않았다. 어느덧 꽤 높이까지 올라오자 나무 몸통에 몸을 기대고 줄기에 앉아 있는 레이첼이 보였다.

"레이첼."

작게 이름을 부르자 고개가 살짝 내 쪽으로 기울어졌다. 하지만 그게 다였다. 평소라면 아주아주 조그맣게 불러도 벌떡 일어났을 레이첼인데 어째서인지 이번에는 일어나지 않았다.

코 밑에 손가락을 대보니 약하지만 숨결이 느껴졌다. 기절한 건가? 그래도 이쯤이면 일어날 법한데?

"레이첼."

이번에는 제법 큰 소리로 불렀건만, 이번에도 눈을 뜨지 않았다. 진짜 뭔 문제가 있나 싶어 이마에 조심스럽게 손을 가져다 대서 열을 재보았다. 그러고는 화들짝 놀라 손을 살짝 뗐다. 평소 체온보다 훨씬 따뜻하게 느껴졌기 때문이었다. 정확히 알기 위해서 다시 손을 대보니, 따뜻한 기운이 손바닥을 데웠다. 펄펄 끓는 것보단 미열에서 조금 더 뜨거운 것에 가까웠지만 아무튼 중요한 건 열이 난다는 것이다.

당황함도 잠시 아이르를 부르려고 고개를 돌리던 찰나, 레이첼의 눈이 살짝 떠졌다.

"레이첼!"

반사적으로 이름이 튀어나왔지만 레이첼은 내 말이 들리지 않는 듯 눈동자를 천천히 움직여 주위를 살피곤 입을 열었다.

"급해?"

앞뒤 다 짤린 말이었지만 나는 기가 막히게 알아들었다. 빨리 도망쳐야 되는지, COAD한테 쫓기고 있는지를 묻고 있는 것이었다. 나는 그 대답으로 고개를 저었다.

"네가 S랑 대치하고 있는 거 아이르랑 같이 빼 왔어. 지금은 COAD에서 멀리 떨어져 있으니까 걱정 말고."

나무 몸통에 몸을 기댄 채로 내 말을 듣고 있던 레이첼의 입술이 꿈틀거렸다. 누가 봐도 기분 나쁘다는 기색이 역력한 표정에 나는 내가 말을 잘못한 게 있나 빠르게 되짚어 보았다. 하지만 내 머리 회전보다 레이첼의 말이 더 빨랐다.

"아이르가 여기 있어?"

아, 올 게 왔구나.

"아니, 그, 아이, 그래도 아이르가 와줘서 내가 도망칠 수 있었던 거야. 아, 안 왔으면 큰일 날 뻔했다고."

내가 생각해도 퍽이나 당황했는지 말을 더듬는 것도 모자라 횡설수설 말이 흘러나왔지만 나는 믿었다. 똑똑한 레이첼은 알아서 잘 골라 들을 거라고.

"내 허락도 없이?"

하지만 슬프게도 내 말이 들리지 않는 모양이었다. 온몸에서 열이 나는데도 불구하고 그 눈빛은 누구보다도 차가웠다. 본능적으로 이러다간 큰일 나겠다는 느낌을 받은 나는 황급히 레이첼을 말렸다.

"그 문제는 기지에 도착하고 나서 얘기하자. 지금은 다른 문제가 더 급해."

내 말에 레이첼이 멈칫하더니 눈이 가늘게 뜨고 나를 쳐다보았다.

"기지 때문에 그래?"

눈치 하나는 정말…

"응. 기지 좌표는 너밖에 모르잖아."

내 말에 레이첼은 작게 혀를 차고는 무거운 몸을 일으키며 중얼거렸다.

"동료가 아니라 원수지, 원수. 이 정도면…"

살짝 울컥했다. 기지 좌표도 안 알려준 게 누군데, 왜 나한테 난리야?

"왜 나한테만 그래? 네가 뭐 잘못한 것도 아니고…"

"그래, 그래. 알겠다. 너 잘못 없다, 됐지?"

분명 듣고 싶은 말을 들었는데 왜 기분이 나쁠까.

이러한 의문이 들던 찰나, 레이첼이 나무 밑으로 훌쩍 뛰어내렸다.

"야! 레이첼!"

아무리 마력이 있어도 이 정도 높이라면 가볍게 뛰어내릴 정도는 아니다. 심지어 레이첼은 지금 컨디션도 좋지 않은데 이렇게 무턱대고 뛰어내리면…

쿵–

"뭐?"

묵직한 소리를 내며 바닥에 착지한 레이첼이 고개를 들어 퉁명스러운 말투로 받아쳤다. 아, 잠시 잊었다. 저 자식은 상식을 뛰어넘은 괴물 같은 놈이라는 걸.

"아냐."

그 사실을 떠올린 나는 성의없는 목소리로 대답한 후 가지에서 아래쪽 가지로 몇 번을 나눠서 뛰어내렸다. 잠시 뒤 바닥에 도착하자 레이첼이 나를 바라보며 눈을 가늘게 떴다.

찰싹–

"아야!"

갑자기 레이첼이 등을 후려치는 바람에 짧게 소리를 질렀다. 나는 얼얼한 어깨 뒤쪽을 손으로 감싸며 뒤를 돌아 레이첼에게 소리를 질렀다.

"왜 때려?!"

분명 내 말이 들렸을 텐데도 레이첼은 들은 척도 하지 않고 손에 든 무언가만 바라보고 있었다. 그러자 옆에서 눈치를 보던 아이르도 당황한 표정으로 레이첼을 불렀다.

"레이첼 님?"

하지만 그럼에도 레이첼은 입을 열지 않았다. 평소 같지 않은 레이첼의 행동에 덩달아 이상함을 느낀 나는 몸에 힘을 풀고 레이첼이 들고 있는 것을 보려 가까이 다가갔다. 그리고 그 정체를 확인하는 순간, 등에 식은땀이 흐르는 것을 느꼈다.

"이건…"

한 손에 들어갈 만큼 작고 검은 동그란 물건. 그건 누가 봐도 추적기였다.

"어, 언제부터…"

"그게 중요한 건 아니지."

레이첼은 놀라서 반사적으로 방금까지 추적기가 붙어있던 등을 더듬는 나에게 시선도 주지 않고 말했다. 그러고는 손에 힘줄이 돋을 만큼 힘을 주며 말을 이었다.

"중요한 건…"

콰직-

레이첼이 입을 엶과 동시에 사방에서 조여오는 힘을 이기지 못한 추적기가 산산조각 나 바닥으로 떨어졌다.

"앞으로는 추적을 못 한다는 것이 중요한 거지."

이미 산산조각 나 바닥에 흩어진 추적기 조각들을 바라보는 레이첼의 시선은 더없이 차가웠다. 마치 그 너머에 있을 COAD들을 보는 것처럼.

후웅-

"먼저 가."

다시 고개를 든 레이첼이 은은한 푸른 빛을 내뿜는 포탈을 소환하며 말했다. 어이가 없는 우리의 시선을 받는 건 덤이었고.

"너 혼자 놔두고 가라고?"

"레이첼 님, 같이 가요."

솔직히 나는 속으로 살짝 걱정되었다. 그럴리는 없겠지만 방금 레이첼의 행동을 보고 나니 혹시나 레이첼이 다시 COAD로 쳐들어가지 않을까 하는 생각이 들어서였다. 열 때문에 난 땀 탓에 젖은 머리카락도 한몫했고.

하지만 이런 내 맘을 알아챈 레이첼이 내 입을 막았다.

"힘들어서 쉬려는 거니까 상상의 나래를 펼치는 건 그만하고."

"그러니까 기지 가서 쉬지 왜…"

"내가 따로 쉬는 데가 있어. 늦어도 내일 안에는 들어갈 테니까 빨리 가."

뭐라 반박하려 했지만 그러지 못한 것은 너무나도 단호한 레이첼의 표정과 말투 때문이었다. 그리고 내일 안에는 들어온다 하니, 조금 불안하긴 해도 믿을 수밖에 없었다.

"…그래."

"이로 님?"

아이르가 당황한 눈빛으로 나를 쳐다보았지만 나는 그런 눈빛을 못 본 척하며 오히려 먼저 포탈로 들어가 아이르를 잡아 끌었다.

"너도 빨리 와, 아이르."

"자, 잠깐. 네? 이로 님? 레이첼 님은요?"

"지가 어지간히 잘하겠지 뭐."

"하, 하지만…"

"너 레이첼 못 믿냐? 지 알아서 다 하잖아. 두고 봐, 내일이면 아주 멀쩡하게 우리한테 잔소리나 하고 있을걸?"

우리끼리 떠드는 사이 어느새 포탈 반대쪽, 기지에 도착해 있었다.

"그… 럴까요?"

"에~에, 이렇게까지 얘기해도 못 믿는 거야? 아이르는 레이첼을 못 믿는구나?"

아이르의 당황한 표정을 보는 것도 꽤 재미있다는 걸 오늘 깨달았다.

[레이첼]

어떻게 여기까지 왔는지 모르겠다. 이로와 아이르와 헤어진 뒤 다른 포탈을 열어 여기로 온 기억도 아주 희미했다. 바로 방금 전의 일인데도 말이다.

내 머리 위 하늘에서는 오색 가지 별들이 아름답게 빛나고 있었지만 나는 그쪽에는 눈길도 주지 않고 외벽이 온통 하얀색인 집의 현관문을 열어젖혔다. 하지만 평소와 다르게 집의 불이 켜져 있는 것에 의아해하던 찰나, 명랑한 목소리가 귀를 강타했다.

"레이첼 님! 오셨어요?"

평소라면 아무렇지도 않았을 테지만 지금은 거의 정신이 나가기 직전이라 그런지 목소리가 머릿속을 윙윙 울리는 기분이었다. 그리고 그 목소리를 듣고 한 박자 늦게 두 가지 사실을 깨달았다.

첫 번째는 이 집에 그 꼬마가 있다는 것이고, 두 번째는 그 꼬마가 있다는 것을 내가 잊어버렸다는 것이었다.

스스로 생각하기에도 참 기가 막혔다. 어떻게 이걸 까먹을 수가 있지? 진짜 정신이 반쯤 나갔나?

아무리 매번 이곳에 와서 습관이 되었다 해도 그렇지, 어떻게 이걸 잊어버려? 바보야? 게다가 이 상태로 와버리면 대체 어쩌자는 거야.

하지만 나는 계속 발걸음을 옮겼다. 점점 눈앞이 흐려지는 것으로 보아 몸에 힘이 빠지기 전에 방으로 얼른 가야겠다는 생각이 강하게 들어서였다.

[이름 없는 아이]

철컥―

"레이첼 님! 오셨어요?"

둔탁한 현관문 소리가 들리자 나도 모르게 벌떡 일어났다. 그만큼 목소리에서도 반가움이 묻어났다.

"벌써 오셨어요? 내일쯤은 되어야 오실 줄 알았는데."

솔직히 그 짧디 짧은 시간에 이렇게까지 가까워질 줄은 꿈에도 몰랐지만 어찌됐든 너무너무 좋았다. 누군가를 믿는다는 것이, 안심하고 쉴 수 있는 '집'이 있다는 것이 이렇게 마음 편한 일인 줄은 처음 알았다.

한 5시간 전에 마음속으로 내 '이름'을 정한 이후로 오매불망 레이첼 님만 기다렸다. 빨리 내 이름을 정했다고 알리고 싶어서, 난생처음 이름으로 불려보고 싶어서.

그런데 레이첼 님의 상태가 좀 이상했다. 분명 내가 부르는 걸 들었을 텐데도 내겐 눈길도 주지 않고 손으로 머리를 감싸며 얼굴을 찡그렸다.

"시끄러워."

얼음처럼 차갑고 한없이 냉랭한 눈빛과 말투.

뒤통수를 한 대 세게 얻어맞은 것 같았다. 순간 레이첼 님이 아닌가? 하는 의문까지 들었지만 땀 때문에 얼굴과 옷에 눌러 붙은 머리카락만 제외하면 외모는 분명 레이첼 님이 맞았다. 뭐지? 뭐지? 진짜 뭐지? 나 뭐 잘못했나?

다시 레이첼 님을 똑바로 보려고 시도했으나 내 머리 위에 물음표가 잔뜩 달리는 사이 이미 방으로 들어가 버려 그것마저도 실패했다. 레이첼 님이 들어간 방문을 멍하니 바라보고 있던 나는 소파로 달려가 팔에 얼굴을 묻었다. 대체 왜 나오는지 모를, 눈에서 나오는 물 때문에 팔이 축축하게 젖어갔지만 그런 것에는 전혀 신경 쓰지 못했다.

안다, 진짜 별일 아니라는 거. 그냥 기분이 좀 나쁜 걸 수도 있다. 별뜻 없는 말 한마디에 과민반응 하는 꼴이 우습다는 것도 잘 알고 있다.

알고 있다. 알고 있는데, 머리로는 이해했는데 몸이 따라주질 않았다. 마음먹은 대로 몸이 움직인다면 참 좋을 텐데. 슬프게도 현실은 그렇지 않았다.

내가 얼마나 기다렸는데, 내가 얼마나 기대했는데. 그 모든 기대와 희망이 콰르릉, 소리를 내면서 무너지는 것만 같았다.

'사실 이 모든 게 꿈은 아닐까? 처음부터 다 내 망상이었나? 눈을 뜨면 다시 길거리에 버려져 있는 건 아니겠지?'

이 생각이 틀렸다는 것도 알고 있었다. 이건 현실이고 바뀌지 않을 것이다. 하지만 이런 생각은 시간이 지날수록 더 증폭되었고 끝에 다다라서는 이 꿈 같은 상황이 변하지 않을 거라는 것조차 확신하지 못하게 되었다.

소리 없이 한참을 울었다. 이제는 지쳐서 울지도 못할 때가 되자 그제서야 고개를 들고 벽에 걸린 시계를 보았다. 밤 12시. 레이첼 님이 들어왔을 때가 10시쯤이었으니 꽤 시간이 지난 셈이었다. 나는 대충 손등으로 눈물을 닦은 뒤 레이첼 님이 들어간 방문에 귀를 대보았다.

작지만 거친 숨소리, 끙끙 앓는 소리와 이 사이로 새어 나오는 신음소리.

'악몽이라도 꾸시나?'

아니면, 혹시 어디가 아픈가?

둘 중 어느 것이더라도 신경이 쓰이는 것은 사실이었다. 문 앞에 어정쩡하게 서서 망설이던 그때, 예민한 청각이 문틈 너머로 한 가지 소리를 잡아냈다.

"아니야… 나는… 나는…이 아니야…"

거의 울먹이는 것에 가까운 소리. 화들짝 놀란 나는 잠시 발을 동동 구르다 이내 결심한 후 기도하는 것처럼 두 손을 모아 속으로 양해를 구했다.

'죄송해요, 레이첼 님. 한 번만 들어갈게요.'

천천히 문고리에 손을 올린 나는 그보다 더 천천히 문고리를 내렸다. 그러자 거의 소리가 나지 않고 문이 열렸다.

살짝만 문을 열고 조심스러운 걸음으로 들어갔다. 들어가자마자 눈에 들어온 건 침대에 옆으로 누운 채 식은땀을 흘리며 거친 숨만 몰아쉬고 있는 레이첼 님이었다.

"레, 레이첼 님…"

깜짝 놀라 큰소리를 내려던 걸 겨우 억눌렀다. 진짜, 오늘 참 여러 번 놀라네. 하지만 아픈 걸 보고도 모른 척할 수는 없는 노릇. 나는 좀 더 가까이 다가가 레이첼 님의 상태를 살펴보았다.

땀을 어찌나 많이 흘리셨는지 머리카락은 물론이고 베개도 살짝 젖어 있었다. 딱 봐도 열이 많이 나는 것 같아 보여서 열을 재려고 이마에 손을 올리던 그 순간.

탁—

'…!'

순간 너무 놀라서 소리도 지르지 못했다. 이마에 손을 대자마자 순식간에 눈을 뜬 레이첼 님이 내 손목을 움켜 쥐었던 것이다. 방금 깨어난 레이첼 님은 일어나지도 못한 채 손목을 꽉 잡고 겨우 입을 뗐다.

"누구야."

평소의 차분한 목소리와 상반되는 탁한 목소리였다. 아직 정신이 다 깬 건 아닌지 상황도 잘 파악하지 못하시는 듯 했다.

"저, 저에요. 레이첼 님. 그… 뱀파이어요."

이름이 없으니 뭐라 말하기도 참 애매했다. 부디 잘 알아들으셨기를 바라는 수밖에.

다행히도 이해하셨는지 느릿하게 눈을 두 번쯤 깜박이시더니 내 손목을 천천히 놓았다. 어찌나 세게 잡으셨는지 잠깐 잡혀 있었을 뿐인데도 손이 살짝 저렸다. 장담하는데, 어둡기 때문에 안보여서 그렇지 손자국도 난 것 같았다.

"왜?"

"네?"

"왜… 여기 있어?"

순간 마음이 묵직하게 내려앉음과 동시에 심장이 빠르게 뛰기 시작했다. 뭐지? 역시 잠깐 있다가 다시 나가야 했나. 내가 여기 있으면 안 됐던 건가?

하지만 그 뒤를 이은 레이첼 님의 말이 이런 나의 고민을 한 방에 날려 주었다.

"나… 말이야, 나…"

"네?"

"왜… 언제…"

오해는 풀렸으나 여전히 무슨 말인지 이해할 수가 없었다. 레이첼 님이 이런 것이 답답한지 한두 번 깊게 숨을 고르다 다시 입을 여셨다.

"나 언제부터 여기 있었어?"

"한… 2시간쯤 됐어요."

내 말에 레이첼 님은 얼굴을 찌푸렸다. 짜증나 보이기도 하고, 불만스러워 보이기도 하는 표정이었다. 레이첼 님은 마른세수를 하며 작게 중얼거렸다.

"보고도 해야 되는데…"

"네?"

"아냐."

나는 방금 집에 들어오자마자 레이첼 님의 행동을 떠올리며 레이첼 님이 아무렇지 않아 보이는 것에 의아함을 품고 조심스럽게 물었다.

"저기… 그건 기억 안 나세요?"

"뭐?"

"들어오시자마자 저한테… 그…"

시끄러워, 라고 했던 건 기억 안 나시는 건가요. 온몸으로 풍기시던 냉기가 아직도 머릿속에 선명한데.

"뭐가?"

하지만 돌아오는 것은 의아함을 품은 퉁명스러운 말투였다. 아, 스스로도 이해하지 못하겠지만 왠지 안심이 됐다. 나한테 그렇게 대한 게 적어도 고의는 아니었다는 말이니까.

"아, 아니에요."

"실없긴."

짧막하게 혀를 찬 레이첼 님은 뻐근한 상체를 천천히 일으키며 내게 말했다.

"일단 좀 나가줄 수 있을까?"

"…네?"

"잠깐, 잠깐 혼자 있고 싶어서. 몸도 추스려야 될 것 같고…"

나는 가만히 고개를 끄떡였다. 아픈 사람을 귀찮게 할 생각은 없으니까. 나는 고개를 숙이며 인사했다.

"잘 쉬세요."

내 말에 레이첼 님이 나를 잠시 쳐다보시더니 풋, 작게 웃음을 터트렸다. 뭐지? 뭔가 말이 이상한데? 이럴 때 다른 인간들이 뭐라고 했더라?

"그래, 편히 쉴게."

아, '편히 쉬세요.'라고 해야 됐구나.

나는 한 가지 깨달음을 얻으며 방을 나섰다.

[레이첼]

완전히 닫힌 문을 가만히 바라보며 생각에 잠겼다. 기억나는 거라곤 중간중간 끊어져 있는 기억뿐. S와 싸우다 쓰러진 이후로 이로와 아이르를 포탈에 태워 보낸 것과 잔뜩 지친 상태로 여기까지 왔다는 것 이외에는 그다지 기억나는 게 없었다. 더군다나 방금 아이가 한 말을 곱씹어 볼수록 뭔가 찜찜한 기색을 떨칠 수 없었다.

'들어오시자마자 저한테… 그…'

내가 어떻게 했을지 그다지 깊게 생각해 보지 않아도 대충 예상이 갔다. 이성이 끊기니까 그 망할 놈의 사이코페스 본능이 나왔겠지.

'그래도 뭐.'

나는 내 오른쪽 팔목에 항상 채워져 있는 팔찌를 바라보았다. 투명하고 아름다운 다채로운 색의 구슬들이 끼워져 있는 3줄짜리 팔찌였다.

'이게 있으니까 특별히 걱정되진 않지만…'

그래도 한구석이 찜찜했다. 이 팔찌가 제 기능을 했다면 그 본능이 아예 나오지 않아야 맞는데, 조금이라도 내면 밖으로 나왔다면 그건 뭔가 문제가 생겼다는 말이다.

"이따가 다시 물어봐야 되나…"

정확히 그것이 아닐 수도 있으니. 그런 생각을 하던 찰나, 갑자기 오른손의 팔찌가 공명하며 웅웅 거리는 소리를 냈다. 그리고 난 그것이 무얼 뜻하는지 잘 알고 있었다. 잠시 후 웅웅거리는 소리가 멈추자, 나는 작은 목소리로 '그'를 불렀다.

"네, 스승님."

내 말에 회답하듯 귓가에서 한 남자의 목소리가 들렸다. 정확히는 내 머릿속에서 울린다는 표현이 맞겠지만 말이다.

『레이첼.』

"네."

『그 일이 오늘 아니더냐?』

그 일이란 약 2시간 전 COAD에서 있었던 일을 말하는 것이다.

"맞습니다."

『헌데 왜 곧바로 보고하지 않았느냐.』

"이 몸이 또 말썽을 부려서 진정시키느라 늦었습니다. 죄송합니다."

그 남자는 내 말을 듣고 잠시 말을 멈추었다. 그리고 곧 다시 말을 이었다.

『힘을 썼느냐?』

나는 대답하기를 망설였다. 사실 나는 힘을 쓰거나 싸우고 나면 항상 열이 나거나 아팠다. 힘을 적게 쓰면 적게 아프고, 힘을 많이 쓰면 많이 아팠다. 처음부터 그랬다. 몸속의 온갖 기운이 다 있다 보니 자극을 주면 제멋대로 엉켜서 그런 것이라고 알고는 있지만, 이것 때문에 꽤 성가신 것도 사실이었다.

기억나는 것은 S에게 기억이 읽히는 것을 막으려고 힘을 쓴 것밖에는 없지만 그동안의 경험에 이루어보아 고작 그 정도 썼다고

반쯤 정신을 잃을 정도라는 건 이상했다

　"…잘 모르겠습니다."

　『잘 모르겠다?』

　어쩐지 서늘하게 들리는 목소리였지만 나는 전혀 기죽지 않고 말을 이었다.

　"제가 기억하기로 힘을 쓰긴 썼습니다만 이렇게 아플 정도는 아닙니다. 다만 중간에 쓰러진 적이 있었는데 그때 무슨 일이 있지 않았을까 싶습니다."

　또다시 말이 없었다. 숨을 내뱉듯 작게 한숨 소리가 들린 것 같기도 했다. 하지만 나는 참을성 있게 기다렸다. 어차피 스승님과 내 관계에서는 스승님이 위고 내가 아래니. 아랫사람은 보고할 뿐 윗사람이 무슨 생각을 하는지 궁금해하진 않는 것이 원칙이다.

　한참 뒤, 드디어 다시 목소리가 들려왔다.

　『보고해.』

　나는 요점만 요약해서 간략히 전달했다.

　"S의 능력이 정신 조작 능력이라는 것을 알아냈습니다. S가 저의 기억을 읽으려고 시도한 것을 막으려다 정신을 잃은 것까지는 기억이 납니다만 그다음부턴 기억이 없습니다. 다시 정신을 차렸을 땐 제 동료가 저를 구출한 후였습니다."

　『S의 능력이 얼마나 되는 것 같더냐?』

　"최소 최상위급 이상으로 추측됩니다."

　동류는 동류를 알아보는 법. 타고난 파이터는 다른 파이터를 알아본다. 그것은 보기만 해도 알 수 있고 겨뤄보면 아주 잠깐의 접점만으로도 충분히 그 정도를 가늠할 수 있다.

『알겠다. 그럼 보고는 이만하고…』

"그리고 한 가지 말씀드릴 것이 있습니다."

그의 말을 끊고 끼어들자 기분이 좋진 않은 것 같았지만 애써 무시하고 할 말을 했다.

"제 팔찌의 기능이 저하된 것은 아닌가 의심됩니다."

놀란 스승님의 얼굴이 눈앞에 그려지는 듯했다. 잠시 뒤 의구심을 품은 스승님의 목소리가 들렸다.

『확실한 거냐?』

"확실친 않으나 한 아이가 그 모습을 본 것 같습니다."

저 아이의 이야기를 구구절절 설명하긴 애매하니 한 아이라고 얼버무렸다. 나는 스승님이 팔찌에 관한 말을 하실 줄 알았다. 하지만 다시 들려온 말은 내 예상을 완전히 빗나간 것이었다.

『그 아이는?』

"네?"

『그 모습을 목격했다는 그 아이는 잘 처리했느냐?』

등 뒤로 식은땀이 흘렀다. 그래, 평범한 상대라면 처리하는 것이 당연했다. 하지만 내가 그 생각을 전혀 하지 못한 것은 그 목격자가 저 문밖에 있는 아이이기 때문이었다.

"그게, 그 아이가 봤다는 것이 확실하진 않아서 처리하지는 않았습니다만…"

『레이첼.』

서늘한 목소리가 머릿속을 관통했다. 나는 떨리는 목소리를 애써 숨기며 대답했다.

"네, 스승님."

『혹시 그 아이가, 네가 데려온 고아들 중 하나더냐?』

말문이 막혔다. 하지만 다른 아이들과 좀 다르기는 하나 어쨌든 고아를 데려온 것은 맞기에 고개를 끄덕이며 말했다.

"네, 원래 있던 아이는 아니고 최근에 새로 데려온 아이입니다."

대답이 돌아오지 않았다. 그다지 오랜 시간이 아님에도 1초가 1시간 같이 느껴지고 심장이 쿵쾅거리는 소리가 귓가에 크게 울렸다.

『레이첼.』

잠시 뒤, 대답이 돌아왔다.

"네."

『내가 너의 소꿉장난을 모른척해 주는 이유가 뭔지 아느냐?』

안다. 아주 잘 안다. 하지만 역설적이게도 너무나도 잘 알기에 대답할 수가 없었다.

『대답해라, 레이첼.』

"…네, 아주 잘 압니다."

『그 이유가 무엇이냐?』

나오지 않으려 목구멍에서 버티는 목소리를 겨우 끄집어내어 말했다.

"사사로운 감정을 품지 않는다 약속했기 때문입니다."

『그래, 그랬었지.』

살짝 굽어 있던 허리를 곧게 피고 바로 앉았다. 이다음 이어질 말이 질책이라는 것을 직감했기 때문이었다.

『그 약속, 아직 유효한 거냐?』

"…예, 유효합니다. 지금도 그 아이들에게 사사로운 감정은 품지 않았습니다."

그래, 사사로운 감정은 없다. 있으면 안 되는 것이다.

『허면, 지금 내가 그 아이들을 죽이라 명하면 따를 수 있느냐?』

갑자기 극심한 한기가 느껴졌다.

"전부… 말입니까."

『그래, 그 아이들 전부.』

머릿속에서 상상되었다. 내가 그 아이들에게 검을 휘두르는 모습. 귀를 찢을 듯한 비명소리와 검에서 손끝으로 전해지는 살과 뼈를 가르는 끔찍한 느낌…

전신의 피가 차게 식는 느낌이었다.

『어떠냐, 레이첼.』

"…네."

가쁜 숨을 내뱉듯 떨리는 목소리로 겨우 답했다.

『이래도 사사로운 감정 따윈 없다, 거짓을 고할 참이냐?』

"아닙니다."

저 너머에서 깊은 한숨 소리가 들렸다. 나는 가슴이 묵직하게 가라앉는 것은 느끼며 침묵을 지켰다.

『잘 들어라 레이첼.』

"네."

『네가 아이들을 데려다 키우는 걸 이제 와서 막지는 않으마. 하지만 너의 사사로운 감정이 우리의 계획에 영향을 주어선 절대로 안 된다. 만약 그런 일이 생긴다면 네가 그 아이들을 베어야 할 것이야.』

스승님도 알 것이다. 이건 억지라는 것. 지금도 사사로운 감정 탓에 죽이지도 못하는데 나중에 가서 죽일 수 있을 리가 없다. 하지만 이만큼 간담을 서늘하게 하는 협박도 드물다. 그리고 대답 또한 이미 정해져 있는 것이다.

"알겠습니다."

『믿는다, 레이첼 소이어.』

갑자기 풀네임으로 부르는 것에 잠시 당황했지만 그만큼 진지한 것으로 해석했다.

『팔찌는 다음에 만나면 보는 걸로 하자꾸나, 이상.』

그 말을 끝으로 목소리도, 누군가 옆에 있는 것 같은 묘한 기운도 더 이상 느껴지지 않았다. 연락이 끊어진 것이다.

"후우…"

자동으로 깊은 한숨이 새어 나왔다. 물론 스승님의 마음을 이해 못 하는 건 아니다. 오히려 너무나도 잘 안다. 개인적인 연유 때문에 전체의 목표를 달성하지 못할까 봐 염려하는 것이다.

하지만 그 걱정은 스승님만 하는 것이 아니다. 나도 그랬다. 결정적인 순간에 잘못된 결정을 할까봐, 자신의 욕심에 굴복해 버릴까봐. 끊임없이 걱정하고 두려워하는 것도 나였다.

그럼에도 인연을 끊지 못하는 내가 바보 같아서, 이미 끊을 수 없게 돼버린 것이 두려워서. 마음이 묵직하게 내려앉으며 가슴이 답답해졌다.

그때, 방문 너머에서 노크 소리가 들려왔다.

똑똑.

"레이첼 님? 괜찮으세요?"

[이름 없는 아이]

레이첼 님을 방에 두고 나온 나는 소파에 누워 뒹굴거렸다. 하지만 얼마 지나지 않아, 인간들보다 몇 배는 더 예민한 귀가 문 너머에서 또 다른 소리를 잡아냈다.

작게 웅얼거리는 소리.

혼잣말처럼 느껴지는 소리에 처음에는 별 신경을 쓰지 않았지만, 그 소리가 계속되고 나중에는 깊은 한숨까지 들려오자 걱정과 호기심으로 뒤섞인 감정이 나를 문 앞으로 이끌었다.

귀찮게 하지 않기로 했기에 조금 망설였지만 주무시는 것 같지도 않았기 때문에 조심스럽게 문을 두드렸다.

똑똑.

"레이첼 님? 괜찮으세요?"

"……"

거짓말처럼 아무 소리도 들리지 않았다. 문에 바짝 대고 귀를 기울여 보아도 정말 조용하다 못해 오싹할 정도였다.

그때, 갑자기 문이 벌컥 열렸다.

벌컥—

"우악!"

문에 바짝 기대고 있던 나는 반사적으로 뒤로 물러났지만 무게중심이 뒤로 쏠려 넘어지고 말았다. 욱신거리는 통증에 얼굴을 살짝 찌푸리며 위를 올려다보니 냉담한 표정의 레이첼 님이 나를 내려다보고 있었다.

뭐라고 해야 하지. 표정을 보니 그다지 괜찮아 보이지도 않았지만, 잔뜩 굳은 레이첼 님의 표정에 감히 뭘 물어볼 엄두가 나지 않았다. 하지만 계속 가만히 있기에도 애매했기에 아무 말이나 내뱉었다.

"아… 괜찮으세요?"

내가 생각해도 이 상황에 별로 맞지 않는 말이었지만, 그것 말고는 다른 말이 떠오르질 않았다. 레이첼 님의 눈치를 보며 어정쩡하게 일어나자 레이첼 님의 입이 열렸다.

"들었어?"

"네?"

"안에서 나는 소리, 들었냐고."

딱딱하게 굳은 레이첼 님의 표정에 나는 재빨리 기억을 더듬어

보았다. 바로 방금 전 일이었지만 긴장한 탓에 머리가 제대로 굴러가질 않았다. 잠시 뒤 마침내 머리가 제대로 굴러가기 시작했다.

"혼잣말 같이 중얼거리는 거랑⋯ 한숨 소리 정도?"

"뭐라고 하는지는 못 들었고?"

레이첼 님이 되묻자 다시 한번 곰곰이 생각해 보았지만 아무리 기억을 더듬어보아도 내용은 듣지는 못한 것 같았다.

"그건 못 들었어요."

그러자 왜인지는 몰라도 레이첼 님의 표정이 조금 풀어졌다. 그 얼굴에 잠시 안도감이 스쳤던 것 같기도 한 것은 기분 탓일까.

"열은⋯ 내리셨어요?"

딱히 할 말이 없어서 내뱉은 것이긴 했지만, 말하고 보니 조금 의아함을 느꼈다. 방금 전까지만 해도 땀을 뻘뻘 흘리던 사람이 지금은 그래도 아까보단 상태가 좋아 보였다.

"그럭저럭."

건성으로 대답한 레이첼 님은 거실로 걸어가 옷걸이에서 옷을 빼내어 겉옷을 걸쳤다.

'응? 잠깐⋯'

"설마 또 나가시려고요?"

진짜 설마하는 마음으로 얼굴을 찌푸리며 묻자, 또다시 단답형의 대답이 되돌아왔다.

"응."

'하아⋯'

진짜 할 수만 있다면 바지끄댕이라도 붙잡고 싶은 심정이었다. 내가 지금 얼마나 기다렸더라, 대충 24시간은 넘게 기다린 것 같은데 또 나간다고?

나갈 준비를 하는 레이첼 님을 보며 생각을 빠르게 정리했다. 음… 그래, 나가는 건 어쩔 수 없지만 그래도 심사숙고해서 정한 제 이름은 좀 들어주고 나가줘요. 진짜 오래 기다려서 입이 근질근질하단 말이야.

"레이첼 님, 조금이라도 시간 되면 제가 생각한 제 이름 좀 듣고 가시면… 안 될까요?"

"안 될 건 없지."

그렇게 말한 레이첼 님은 소파에 풀썩 앉았다. 나도 자연스럽게 그 옆에 앉았다.

"그래서, 고민하고 또 고민해서 정한 네 이름 좀 들어볼까?"

어떻게 말을 시작해야 하나 고민하던 나는 레이첼 님 덕분에 훨씬 쉽게 말을 꺼낼 수 있었다.

"레이로 할래요."

"레이?"

"네."

말을 끝낸 나는 조심스럽게 레이첼 님의 눈치를 살폈다. 어… 그런데 뭔가 묘했다. 격한 호응을 기대한 건 아니었지만 그래도 괜찮네, 좋네, 이 정도는 해줄 줄 알았는데 지금 레이첼 님의 표정은 좋다기보다는 그 반대에 가까웠다.

뭐지? 혹시 뜻을 알아채신 건가?

사실 레이는 레이첼 중에서 '첼'을 뺀 앞에 두 글자로 지은 이름이었다. 이름을 뭐로 할까 고민할 때, 맨 처음으로 떠오른 생각은 이름에 뜻을 넣자는 거였다. 평소 다른 사람들이 아기 이름을 짓는 것처럼.

그런데 막상 생각해 보니, 내가 아는 좋은 뜻을 가지고 있는 단어들 중 이름으로 할만한 게 없었다. 그래서 든 생각이 바로 이거였다. 레이첼 님의 이름에서 따오는 것.

음… 그니까 뭔가, 레이첼 님은 나한테 소중한 사람이고 은인이니까. 레이첼 님의 이름에서 따오는 것도 좋다고 생각을 했던 것이다.

그런데 그게 마음에 안 드시는 걸까?

조마조마한 마음으로 있다 보니 입이 바싹 마르는 것 같아 혀로 입술을 축였다. 곧, 레이첼 님이 느릿하게 입을 뗐다.

"꼭 그거여야겠어?"

나는 순간 당황했다. 약간 '굳이 그렇게 해야겠어?' 같은 느낌이라, 부정적인 뉘앙스를 확 풍기는 말이었다.

"…마음에 안 드세요?"

내 물음에 레이첼 님은 잠시 나를 빤히 쳐다보더니 자조적인 뉘앙스가 담긴 허탈한 웃음을 터트렸다.

'?'

예상치 못한 레이첼 님의 반응에 당황한 나는 살짝 긴장했다. 물론 느낌적으로 그 웃음에 담긴 감정이 나를 향한 게 아니라는 것은 알고 있었지만, 머리로 아는 거랑 몸이 이해하는 건 다른 문제였다. 하지만 레이첼 님은 다른 말은 전혀 하지 않았다. 그저 웃음을 멈추고 이렇게 물을 뿐.

"맘에 들어?"

"네?"

"그 이름, 맘에 드냐고."

'맘에… 들죠, 당연히. 제가 정한 건데.'

"네."

단박에 나온 대답에 레이첼 님은 더 이상 반대하는 듯한 표정을 짓지도, 따지지도 않았다. 차라리 뭐라고 말이라도 하면 좋을 텐데, 그러지 않으니 오히려 더 긴장되었다.

"괜찮네."

곧 떨어진 레이첼 님의 말에 나는 속으로 환호성을 질렀다. 뭐랄까, 물론 이름을 내가 정하긴 했지만, 무의식적으로 허락을 받아야 한다는 생각이 있었는데 그게 해결된 기분이었다.

관문 하나를 뚫은 느낌이랄까.

"이제 갈게."

"네!"

기분이 업된 상태라 아무 생각 없이 씩씩하게 말을 내뱉었는데, 잠깐 머리를 굴려 레이첼 님의 말을 곱씹자마자 기분이 다시 다운되었다. 그러네. 이제 진짜로 간다. 또다시 하루 종일 혼자 있어야 하는 것이다.

"언제 와요?"

"글쎄."

레이첼 님은 고개를 살짝 갸웃거리며 고민하는 듯하더니 곧 입을 열었다.

"오늘 밤? 내일? 그 정도에 올 것 같은데."

허허…

속으로 허탈한 웃음을 삼켰다. 그러니까, 또 24시간, 즉 하루동안 혼자 있어야 한다는 말이다.

철컥—

"갔다올게."

명쾌한 현관문 소리와 함께 레이첼 님이 집을 나섰다.

"네—"

애써 밝은 목소리로 대답하자 문이 닫히기 직전, 레이첼 님이 큰 소리로 외쳤다.

"심심하면 책이라도 보고 있어!"

"네."

[이로]

'졸려…'

침대에 엎드려 누운 채로 졸린 눈을 비비며 뒤척였다. 아이르와 함께 안전하게 기지로 돌아온 뒤 내 방으로 돌아와 그대로 뻗어 버린 것이었다. 그리고 지금은…

'화장실.'

화장실 가고 싶다.

무시하고 계속 자고 싶었지만 계속해서 신호를 보내오는 통에 도무지 가만있을 수가 없었다. 결국 항복한 나는 밍기적대며 물 먹은 솜처럼 늘어진 몸을 겨우 일으켰다. 하지만 방 밖으로 나가자 곧바로 떠오른 사실에 곧바로 짜증이 올라왔다.

'화장실은 왜 굳이 침실의 정반대 편에 있는 걸까?'

바로 코앞에 있으면 좀 좋아?

그렇게 투덜거리며 화장실을 다녀온 직후, 나는 한결 편안해진 얼굴로 방으로 돌아갔다.

그때.

'어…?'

잘못 봤나?

방금 저쪽 복도에…

나는 뒷걸음질로 왔던 길을 되돌아가 모퉁이를 돌아보았다. 그리고 그 많은 문들 중 한 곳에서, 빛이 새어 나오고 있는 것을 발견했다.

'뭐지? 침입자인가?'

근데 침입자가 저렇게 불을 환하게 켜놓고 있는다고? 말이 안 되는데?

조심스러운 손짓으로 품속에 호신용으로 가지고 있던 단도를 빼들었다. 그리고는 천천히, 소리를 내지 않고 그 방앞으로 다가갔다. 심장 뛰는 소리가 귓가에 크게 울렸다.

마침내 소리 없이 문 앞에 다다른 나는 한 번 작게 숨을 들이쉬고는 단도를 꺼내며 문을 벌컥 열었다.

그리고 단도를 들이밀며 방 안에 들어간 나는 전혀 예상치 못한 광경에 그대로 멈춰섰다.

to be continued

레이첼소이어
Rachel Sawyer

반란의 무리들

초판 1쇄 발행 2023. 9. 22.

지은이 맹서현
펴낸이 김병호
펴낸곳 주식회사 바른북스

편집진행 김재영
디자인 양헌경

등록 2019년 4월 3일 제2019-000040호
주소 서울시 성동구 연무장5길 9-16, 301호 (성수동2가, 블루스톤타워)
대표전화 070-7857-9719 | **경영지원** 02-3409-9719 | **팩스** 070-7610-9820

•바른북스는 여러분의 다양한 아이디어와 원고 투고를 설레는 마음으로 기다리고 있습니다.

이메일 barunbooks21@naver.com | **원고투고** barunbooks21@naver.com
홈페이지 www.barunbooks.com | **공식 블로그** blog.naver.com/barunbooks7
공식 포스트 post.naver.com/barunbooks7 | **페이스북** facebook.com/barunbooks7

ⓒ 맹서현, 2023
ISBN 979-11-93341-01-8 03810